日々ごはん

2021 7→12

空気が静かな色をしている

高山なおみ

はじめに

こんにちは、はじめまして。

『日々ごはん』が新しく生まれ変わりました。

私のホームページ「ふくう食堂」で、二〇〇二年の春から綴っている日記「日々ごはん」は、『日々ごはん①〜⑫』『帰ってきた 日々ごはん①〜⑮』というふたつのシリーズの書籍として、今も本屋さんに並んでいます。これまで読み継いでくださったみなさま、本当にありがとうございます。

『日々ごはん』シリーズは、長い間、続きものの本として作ってきましたが、ここらでちょっとリニューアル。一巻ごとに新しいタイトルをつけ、巻数はあえて添えないことにしました。

記念すべき一冊目のタイトルは、『空気が静かな色をしている』。この巻の日記の中から選びました。なんだか、本全体の匂いを表しているなあと思って。

サブタイトルは、日記が書かれた時期。登場人物には毎巻小さな注釈を添えることにしたので、どこから読んでくださっても大丈夫。時代を追って読むこともできるし、昔に遡《さかのぼ》ることもできます。

空色のカバーに浮かぶ雲のような模様は、エゾマツボックリの種。ひとつひとつに、風を受けて飛ぶ小さな翼がついているのが見えるでしょうか。そして、表紙や帯に添えられているのは、チェーンステッチしかできない私が、実家にあった古いクロスに刺繍した草花。ブックデザイナーの脇田あすかさんが、私の生活のなかから生まれたものたちで飾ってくれました。

さて、生まれかわった『日々ごはん』。

コロナがまだまだ最盛期の、二〇二一年七月からスタートです。

高山なおみ

目次

ツバメが空を旋回し、
どこかに飛んでいった。

2021年7月

七月一日（木）
曇り時々雨

ゆうべ、ベッドに入ってすぐのころに、「ミュチュ、ミュチュ」という可愛らしい声がかすかに聞こえた。

もしや！　と思って窓からのぞくと、イノシシの親子が角を曲がろうとしているところだった。暗がりでよく見えなかったのだけど、母親の足下にうりぼうが二匹か三匹、絡まって歩いていた。

それほど体が大きくなかったから、まだ若い母親だったのかも。可愛かったなあ。

そしてきのうは、『帰ってきた 日々ごはん⑨』にサインをしてから、*今日子ちゃんとふたりで八幡さまに行って、茅《ち》の輪くぐりをした。

昼間、◇宮下さんに仕事のお電話をしたら、ちょうど茅の輪くぐりに向かうバスの中だった。そのあとでいただいたメールに、「六月三十日は一年の半分、ひと区切り。茅の輪をくぐってちょっとスッキリしました」とあった。

そういうのいいなあと思って、私も真似することにした。

そうか、今年ももう半分まできたんだな。

今日までぶじに過ごせたことに感謝をしながら、私もくぐった。

そんな日に、「MORIS《モリス》」で♧ヒロミさんと今日子ちゃんと過ごせたことがなんだか嬉しかった。


今日は、朝からフル稼働。

湿気で床がぺたぺたしていたので、朝のうちから掃除機&雑巾がけ。

十時からは、宮下さんと「天然生活」の記事の校正を、電話でみっちり一時間ほど。幻冬舎の竹村さんに原稿の校正をお伝えし、「毎日のことこと（神戸新聞で当時連載していたエッセイ。二〇二四年に書籍『毎日のことこと』として刊行されました）」の原稿に赤を入れてファクス。

午後からは、何をしていたんだっけ。

そうだ。アノニマの村上さん、あとＮＨＫテレビのディレクターさんからも電話があった。

テレビのこと、少しずつ決まってきているみたい。

雨は、目に見えないくらいに細かいのが、降ったり止んだり。

ときどき青空も薄く広がり、二階の洗濯物はけっこう乾いた。

＊六甲駅前にある器のギャラリー「MORIS」の店長さん
◇京都在住の編集者
♧今日子ちゃんのお母さん

ああ、山口でのことを早く日記に書きたいのだけど、なかなか書けないや。

夜ごはんは、トンテキ（豚ロースの厚切り肉に、早めに塩をしておいた）の焼きトマト添え（バルサミコ酢&醤油&バターのソース）、ピーマンのオイル蒸し、スイカの皮の浅漬け（塩もみサラダみたい）。

七月三日（土）
まあまあの晴れ

きのうは皮膚科に行って、帰りに「MORIS」をのぞいたら、ちょうどヒサコさんがいらした。ヒサコさんはヒロミさんのふたつ年上のお友だち。お喋りしているうちに、今夜は急きょヒサコさんの家におよばれにいくことになった。

この間、水道橋の市場で新鮮な川津海老《かわつ》（淡路島産の小海老）を買って、ヒサコさんの家で三つ葉と一緒にかき揚げにして食べたら、ものすごくおいしかったという話をヒロミさんから聞いていて、それがとっても羨ましかった。なので、もう今日しかない！　と思って。

全員一致で「そうしましょう」ということになり、それからが早かった。

ヒロミさんは魚屋さんに電話して、海老を予約。

今日子ちゃんと私で、「淡河《おうご》生活クラブ」に野菜を買いに出た。

戻ってきて、こんどはヒロミさんとバスに乗って水道橋の市場へ。

その間、雨がじとじと降り続いていたのだけれど、ものともせずに。

そしてまたバスに乗って、ヒロミさんの家で下ごしらえをし、食材を抱えてご近所のヒサコさんの家に行ったのだった。

メニューは、牛肉とセロリの炒めもの（ヒロミさん作）、野蕗《のぶき》の薄味煮&たたき胡瓜（私作）、水茄子のぬか漬け、川津海老と三つ葉のかき揚げ、とうもろこしのかき揚げ二種（黄色いとうもろこしはセロリの葉と、白い実の方はモロッコいんげんと）、モロッコいんげんのフライ、ヒレカツ、ジンジャーエール（ウィルキンソンの）、炭酸。

卓上のフライヤーでヒサコさんが揚げてくださり、天ぷら屋さんのカウンターに座っているみたいに次々出てくる。

ああ、食べた食べた。

どれもおいしかったなあ。

お腹いっぱいごちそうになった上、残りもいただいて帰ってきた。

それを今日は、お昼のお弁当にして食べたところ。

そういえば、三年ほど前にみどりちゃん*と昌太郎君が東京から来たとき、ヒロミさんが家でお好み焼きパーティーを開いてくださったことがある。

あの日の前菜に出てきた、たまらなくおいしい〆鯖は、ヒサコさんがこしらえたものだったことが分かった。

今、日記を遡ってみたら、「〆鯖（どなたか、お友だちの手作り）」と書いてある。

ヒサコさんの〆鯖は肉厚で、ドカンと大きくて、脂がよくのっていた。

ヒロミさんが厚めにそぎ切りにしてくれたのを白ワインといただいたら、イギリス料理のニシンのマリネみたいに感じたんだった。

ヒサコさんの家までは、まさにスープが冷めない距離。今日子ちゃんたちはよく三人でごはんを食べるらしく、この間はその〆鯖で、ヒサコさんがにぎり寿司を食べ切れないほどこしらえたんだそう。

いいなあ。羨ましいなあ。

というわけで、今日は急いでやらなければならない宿題もないので、朝から掃除。

午後からは、六月分のレシートを整理し、「現金出納《すいとう》帳」の記入と、エクセルに入力。

夜ごはんは、窓辺で映画を見ながら。

ポークソテー（炒め玉ねぎのソース）、南瓜のサラダ（セイロで蒸してクリームチーズをちょっと混ぜた）、赤い皮の小粒じゃが芋サラダ（セイロで蒸したのを皮ごと半分に割り、熱いうちにフレンチマスタード、酢、オリーブオイルで和えた）、ビール。

七月四日（日）
ぼんやりした晴れ

海も街も霧がかかっているのに、空は明るい。

湿気がもりもり。

緑ももりもり。

でも、さわさわと風。

猫森（東に見える小さな林。猫がうつ伏せになっている姿に似ているのでそう呼んでいる）がざわめいて、盛んに葉を翻《ひるがえ》している。

トネリコ（あとで調べて分かったのだけど、クマノミズキの間違いでした）の花が咲きはじめた。

葉っぱの続きのように咲く、クリーム色の小さな花の集まり。近くを通ると、花

＊「tamiser kuroiso」（当時）の高橋みどりさんと吉田昌太郎さん

粉みたいな、蝶の鱗粉みたいな匂いがする。私はこの花が好き。

ゆうべのうちに冷蔵庫で発酵させておいたパン生地を、今ベッドの上で二次発酵中。窓を閉めておくと、温室のようになる。湿気もほどよい感じ。

そうだ。

ゆうべは十時過ぎにカーテンを閉めようとしたら、イノシシの親子がちょうど下を歩いているところだった。

曲がり角のところで母親が地面の匂いを嗅ぎ、うりぼうたちも真似をして、しばらくそこらでもたもたしていた。

今日も窓辺で、ちくちくお裁縫。今縫っているのは、夏のパンツ。薄手の水色のギンガムチェックで、指触りがとてもいい。

空の高いところには灰色の雲がたれこめているのだけど、海との間は明るい。ひんやりとした風が吹き抜ける。

山口から帰ってきて、もう一週間がたつのだな。

夜ごはんはピザ（パン生地一個分を丸く伸ばしてトマトペーストを塗り、ミニトマト、クリームチーズ、玉ねぎ、ペコリーノ・ロマーノをのせて焼いた）、南瓜のサラダ、赤い皮の小粒じゃが芋サラダ、いつぞやのピーマン丸ごとオイル蒸し、アイスコーヒー。

七月六日（火）

曇り

五時に起きた。

もう明るくなっていたので。

窓を開けると、クマノミズキの花の匂いでいっぱいだ。

いいなあクマノミズキ。

奥ゆかしくも、主張をしている匂い。

このところ私はまた、朝起き抜けに母の病床日記を読むようになった（二〇一九年の七月に亡くなりました）。

おとといは、夢をみていた母が、「けさ、ごてんばいった」「そして、あまなつかった」と言った日。

「誰と？」と私が聞くと、「みんな」。

「食べたの？」

「うん、うん」と無言でうなずいた。

夕方に、また夢をみたらしい母は、「いま、みずまいた」「おおきなやおやへよった。リュックしょって」と言った。

母は微熱が出て、体がだるいことを盛んに訴えていた。「かったるい」と言うので、姉が背中をさすってあげたら、「あした、またおねがいね」と言った。痛み止めの薬（カロナール）をすりつぶしたものを、とろみのついたお茶に混ぜ、飲みはじめたころだ。

きのう私は、コロナのワクチンを受けにいった。

処方してもらった痛み止めの薬を飲んだのだけど、母と同じカロナールだった。くったりと眠くなったくらいで、あとは問題なし。

おつゆだけ作ってベッドに横になっていたら、夕方、ヒロミさんがちらし寿司を届けにきてくださった。

ワクチンを受けた日は、ごはんを作るのがおっくうになるからと気遣ってくださったのだ。

こういうときのヒロミさんの押しの強さは、純真無垢なので、お断りすることなどとてもできない。遠慮なんていう甘い気持ちなど、ぶっ飛んでしまう。

玄関口でさっと手渡され、白いブラウスの裾を翻しながら、颯爽《さっそう》と帰っていくヒロミさんは、六甲の女親分みたいだった。

私は、ありがたくてたまらない。

なんだか、お祝いをしてくださったような感じもする。

ぶじに、ワクチンを受けられたことへの。

外にタクシーを停め、ヒロミさんがこんな坂の上までひとりで来てくださったこと、私はずっと忘れないと思う。

ちらし寿司のフタを開けたら、あまりに美しかったので写真を撮った。

おいしくて、おいしくて、三分の二を食べ、残しておいた。

それを今日はセイロで温め、お昼ごはんにいただく予定。

今朝は、左腕が上がらないくらいで、いつもとほとんど変わらない。

そうだ、思い出した。

何日か前の日記で、「水道橋の市場」と書いてしまったのだけど、「水道筋の市場」の間違いでした。

ヒロミさんが気づき、すぐにメールで教えてくださった。何から何まで、本当に親分さんだ。

夕方になる前に、ポストまで散歩。

ひさしぶりに夏休みの小径（前からこう呼んでいたろうか。いつだったか、夏草のよく繁るこの坂道を、小学生の男の子ふたりが上っていたことがあったので）の方から帰ってきた。

クマノミズキの木をみつけ、小さなひと枝をいただいた。

母の祭壇に供えようと思って。

夜ごはんは、今年初のぶっかけそうめん（トマト、青じそ、みょうが、おろし生姜）、茄子と甘唐辛子の揚げ浸し。

七月九日（金）
晴れ一時雨

六時少し前に起きた。

雲は薄く、青空が見える。

今日は母の命日。

病床日記の最後、母が亡くなった日を読んだ。

姉の記録は、十八時で終わっている。

今朝、お風呂から出て階段を上がっているとき、はじめて蝉の声がした。

まだ一匹。シャンシャンと鳴くクマゼミだ。

中野*さんちの方はもうとっくに鳴いていて、「うるさいくらいです」と、この間電話で言っていた。

母の祭壇に（備えつけストーブの上）、白い布をかけてみた。

前に実家からもらってきた、レース編みの縁飾りのある古いクロス。

私が子どものころ、教会の集まりがあると座卓にかけていた。

ロウソクのロウが落ちたあとや、こすれて穴が開いたところに、私が白い糸で刺繍をしたクロスだ。

十一時。

いつ雨が降ってもおかしくないような空模様。

クマノミズキの花の香りが、風とともに入ってくる。

さ、続きの仕事にとりかかろう。

今やっているのは、『帰ってきた　日々ごはん⑩』のパソコン上での粗校正。

夕方、雨上がりの散歩。

「植物屋さん」まで、母のお花を買いに。

青い実のついたブルーベリーと、赤い小さな実の枝を買った。

中野さんは百合の花の絵を、川原◇さんはクレチマスとカラーをお花屋さんで買って写真を撮り、母のために送ってくれた。

＊画家で絵本作家の中野真典さん。兵庫県在住
◇イラストレーターでデザイナーの川原真由美さん。東京在住

夜ごはんは、パッタイ風焼きそば（豚ひき肉、細めのもやし、ニラ、ミニトマト、オイスターソース、ナンプラー、スイートチリソース）。

七月十一日（日）
晴れ

よく晴れている。

朝から洗濯物をたっぷり干し、「気ぬけごはん（『暮しの手帖』で連載中のエッセイ）」を書いていた。

暑い暑いと言いながら、あちこち掃除機をかけ、雑巾がけもした。

今は四時、どうやら書けたみたい。

いろいろさっぱりしたので、お風呂にも早めに入ってしまう。

二階で涼んでいたら、ああ、きたきた。

ツバメが空を旋回し、どこかに飛んでいった。

数えたら十五羽くらいいいた。

これは、きのうの夕方からはじまった。

七時を過ぎたころにまた戻ってきて、うちの前の電線にとまり、羽繕いをしたり、二羽でつつき合ったり。

そうして暮れかかった大空を、楽しくてたまらないという感じで飛びまわる。

きっと、今年巣立った若いツバメたちだ。

それをきのうも、ビールを呑みながらずっと眺めていた。

そのあとでスイセイ*から電話があり、ひさしぶりに話した。

ほとんど雑談だったけれど、元気そうで、なんだか呑気な声を出していた。

それがとても嬉しかった。

考えてみたら、声を聞いたのは一年ぶりかも。

いやたぶん、二年ぶりくらいだろう。

いやいや。ビールなんか呑みながら、あんなふうにくつろいで話せたのは、神戸に来てからはじめてのことだ。

今、この日記は二階の床にペタンと座って書いている。

海も空も青く、光る夏の雲がもくもく。

もうじき梅雨が明けるんじゃないだろうか。

ゴミを出しにいったとき、外の空気は完全に夏だったもの。

夜ごはんは、フライパン焼きサンド（マスタード、ハム、玉ねぎ、ペコリーノ・ロ

*私の以前の夫、落合郁雄さん。35年間ともに生活をしていました

マーノ）、胡瓜とトマトのサラダ（フレンチドレッシング）。

日暮れ前、ツバメが六羽帰ってきた。

今日もまた、この夕空を飛びまわっている自分の体が、気持ちよくてたまらないというふう。風にのっていたかと思うと、パッと翻り、斜めになったまま猫森に向かって突っ込んだり。見ている私のすぐ近くまで飛んできて、羽の内側を見せてくれるツバメもいた。

七月十四日（水）
晴れ一時雨

朝からお天気雨が降った。

けっこう盛大に降って、すぐに上がった。

降っているとき、地面の生ぐさい匂いが上ってきていた。

緑の濃い匂いもする。

こういうときって、どうしてか胸がいっぱいになる。

なんでなのかは分からないけれど。

感情とは関係なしに、体だけが反応して、胸の内側が膨らむような感じ。

さ、今日も『帰ってきた 日々ごはん⑩』のパソコン校正だ。

明日はテレビの打ち合わせ。ディレクターさんがふたりいらっしゃるので、なんとなく支度をしておこう。

お昼前、大きな雷が鳴って、窓を閉めに階段を駆け上がった。

住吉のあたりだけ白くけぶって、天幕を下ろしたようになっている。

あそこはきっと今、大雨が降っているのだ。

間もなく、こちらも降ってきた。

大粒の雨と雷。ものすごい音！　光ると同時に鳴り響く。

怖いので、パソコンをしまった。

午後、晴れ間が出てきた。また校正の続き。十月までが終わった。

『帰ってきた 日々ごはん⑩』は、二〇一八年六月から十二月までの日記。

このころは本の種が続々と生まれ、育まれていた時期だったんだな。

『ふたごのかがみ　ピカルとヒカラ』からは、つよしさん*の絵が生まれた。

そして、大雨が続いた日に、『それからそれから』の中野さんの絵が。

『自炊。何にしようか』、『本と体』、『日めくりだより』。みんな、この時期だったんだ。

＊絵本作家のつよしゆうこさん。兵庫県在住

夜ごはんは、バナナとチーズの焼きサンド、サラダ（スイカの皮の塩もみ、胡瓜、フレンチドレッシング）。

七月十五日（木）
雨のち晴れ

六時に起きた。

九時半からテレビの打ち合わせなので、いつもよりてきぱき動く。

起きたときには小雨が降っていて、またきのうみたいな雷雨になったらどうしようと案じていたのだけど、だんだん晴れてきた。

ああ、よかった。

お昼ごはんに、ディレクターさんふたりとチキンカレー（火曜日に作っておいた）を食べ、いつもの散歩道を案内し、川の上流までお散歩。

今日から夏になった、みたいな暑さだった。

私はスカートをたくし上げ、しばしせせらぎに入った。

水がきれいで、冷たくて、気持ちよかったな。

バナナとチーズの焼きサンド・サラダ

トマト焼きプレート

そのまま三人でてくてく歩いて六甲まで下り、「淡河生活クラブ」で野菜を買って、六甲道で解散。

私は区役所で選挙の期日前投票をすませ、ＪＲで元町に出て、生地屋さんにも行った。

帰りに「MORIS」に寄り、軽く買い物をして帰ってきた。

今日はよく歩いたな。

夏はやっぱり、外が気持ちいい。

帰り道、ディレクターさんのひとりが、「今日は夏休みみたいでした」とおっしゃっていた。本当にその通り！

夜ごはんは、トマト焼きプレート（トマト、豚バラ薄切り肉、玉ねぎ、にんにく、酒、醤油、バター＆ニラと青じその塩炒め、ご飯添え）。

七月十六日（金）
雨のち薄い晴れ

五時半に起きた。

朝方、雨が降っていたけれど、すぐに止んだ。

今朝はとても涼しい。

対岸の山は青くくっきりと、紀伊半島の端までずっと続いている。

青い山脈。

海がなんとなく黄色いので、朝ごはんのパンは、玄関の通路で緑の山を見ながら食べた。

今日から私は、中野さんのご実家へ。

子どもたち（甥っ子）はまだ夏休み前だけど、月曜日が海の日なので三連休。

外で遊ぼう。

私の夏休み、第一弾。

では、行ってきます。

七月二十一日（水）
快晴

中野さんの家から帰ってきたら、六甲がすっかり夏になっていた。

蝉も本格的に鳴いている。

海も空もまっ青だ。

そして、暑い！

飲んでも飲んでものどが渇く。

中野さんちも暑かったな。

毎日、毎日、外に出て遊ぶのが無理な暑さだった。

最後の日は、夜ごはんを食べてから、子どもたちに誘われて夕陽を見にいった。オレンジ色に光る空の方に向かって、中野さんと子どもたちと四人で歩いた。

見事な夕空だったけれど、草むらには蚊がいっぱいで、いちばん小さいソウリン君（幼稚園の年長さん）の頭のまわりに群がるのがかわいそうで、私は蚊を追い払いながら、ほうほうの体《てい》で帰ってきた。

帰り道、ユウトク君（小学三年生）が「なおみさん、星見たい？」と聞いてきて、お風呂上がりにまた四人でベランダに上った。

遠くの空に、音のない稲妻が光っていた。

四泊五日の間につけていた、日記ともいえないようなメモを、ここに少し書き写してみます。

七月十七日（土）　快晴

七時起床。

ゆうべの夜ごはんは、スパイスたっぷりミートボールカレー。

子どもたちには、ハウスバーモントカレー甘口をプラス。

午前中に中野さん、お姉さん、子どもたちと志方町へドライブ。

志方東公園という、森の中にある自然公園で虫とりをした。

ユウトク君はハンミョウを一匹つかまえた。

派手な色をしていない、ニワハンミョウという珍しい種類だそう。

あちこちにいろいろな種類のキノコが生えていた。

食べられそうな肉厚のキノコの匂いを嗅いだら、椎茸そっくりだった。

私は、タマゴダケをはじめて見た（殻をやぶって生えてくるところが、ゆで卵にそっくり）。

バードウォッチングの小屋の向こうに小川があり、みんなでせせらぎに下りた。

帰りに、牛肉屋さんでいろんな種類の肉を買った。

志方の牛肉は有名なのだそう。

お昼ごはんは、牛肉屋さんの揚げたてのコロッケと、ホルモン串カツ（車の中で食べた）。

帰ってから、中野さんの部屋で、ユウトク君と漢字ドリルの宿題。

間違えて覚えている漢字がけっこうあり、自分でも驚いたほど。

私の方こそ勉強になった。

シャワーを浴びて、少し早めの夜ごはん。

キクラゲの生姜炒め（ごま油、酒、醤油）、ホットプレート焼き肉（ロース、赤身、ミスジ、せせり、玉ねぎ、ゆでたオクラ、長芋、ピーマン、にんにく）。

ソウリン君が焼き肉屋のおやじさんみたいになって、次々焼いてくれた。

牛肉はどれもこれも、たまらないおいしさだった。

七月十八日（日）

快晴

朝、時計の針が五時半かと思ったら、もう六時半だった。

ゆうべはぐっすり。

クーラーをつけているみたいに涼しかった。

カエルの声がずっとしていた。

田舎の夜は、騒がしい。

私「鳴いているのはカエルだけですか？」

中野さん「いいえ、いろんな虫が鳴いています」

やっぱり。どうりで重複音だった。

中野さん、お姉さん、お義兄さんは、二階の部屋の天井貼りをしている。

トントントントンという音を聞きながら、私は下の台所でとうもろこし
三本分の実をほぐしたり、お裁縫をしたり。

夜ごはんは、枝豆、生春巻き、とうもろこしのかき揚げ（三分の一はグリンピース入り）、ご飯。

「はい、なおみさん食べてみて」とユウトク君から手渡される枝豆は、枝豆ではなく、かき揚げのとうもろこしが三粒入っている。

枝豆の空のサヤに入れて遊んでいるのだ。

七月十九日（月）
快晴

ゆうべはカエルの声がしなかった。

どうして？

怖い夢をみた。

自分の住んでいる家がなくなって、森の奥の難民キャンプのようなところにいるのだけど、みんなオシャレをしていて、私だけ着の身着のまま。

みな東京の人たちらしいのだけど、知っている人は誰もいない。

私は誰かに財布の中身を盗まれてしまい、とても困っている夢。

今日、ユウトク君は学校。

ソウリン君も幼稚園。

海の日だと思っていたのは、私だけ。

お姉さんは送り迎えで忙しい。

中野さんは、ひとりで二階の天井貼りの続き。

トントントントントンを聞きながら、私は台所仕事。

親戚の方にいただいた畑の小松菜で、煮浸し（油揚げ入り）を作った。

トマトとミニトマトもたくさんいただいたので、細かく刻んで鍋いっぱいのトマトソースを作った。

夜ごはんは、トマトソースのパスタ（ズッキーニと茄子をオリーブオイルで焼いて、茄子はトマトソースに加えて軽く煮、ズッキーニは盛りつけてから添えた)、タンドリー・チキンもどき(サフランピラフミックス、インドのミックススパイス、ヨーグルト、おろしにんにくをもみ込んでオーブンで焼いた)。

タンドリー・チキンもどきが、ユウトク君に人気だった。

こういうの、子どもたちも大好きなんだな。

七月二十日(火)

快晴

朝の台所は果物の匂い。

お母さんが、みんなのヨーグルトを支度しているから。

果物は加古川メロン、キウイ、スイカ、ブルーベリー(冷凍)。

日記メモはここまで。

私は、午後三時十五分発の電車で帰ってきた。

この日は一学期最後の日。

学校から帰ってきたユウトク君、ソウリン君、お姉さん、中野さんが駅までお見送りしてくれた。

こうして、私の夏休み第一弾は終わった。

明日から川原さんが東京からやってきて、合宿がはじまる！

これが私の夏休み第二弾。

川原さんは、二十三日から「MORIS」で絵の展覧会を開くので、明日はその搬入。

美容院の帰りに、私も手伝いにいくつもり。

今は五時半。

蝉はシャンシャン、クマゼミだけではない。

ミンミンゼミもヒグラシも鳴いている。

ツバメはスイスイ、トンボも瞬間移動みたいに飛んでいる。

蜂もビ———ッと、今横切った。

青いなあ、海。

まだまだ明るいから、ビールを呑もうかな。

思い出したのだけど、今朝私は、歯医者さんと「コープさん」に行ったのだった。

なんだか一日が長く感じる。

中野さんちでも思ったのだけど、夏って、一日一日の区切りが曖昧。

長い長い永遠の夏の一日は、まだはじまったばかりだ。

夜ごはんは、キクラゲとささ身のポン酢醤油和え（青じそ）、しめじとトマトのバルサミコ酢炒め。

お昼にちらし寿司をしっかり食べたので、ご飯はなし。

七月二十二日（木）　快晴

今日も暑いな。

汗をかきながら、あちこち掃除した。

シャワーを浴びて着替えたら、いっぺんに涼しくなった。

海が青い。

さあ、今日から川原さんと共同生活。

早い夕方に、夏の空に向かって窓辺で乾杯をしたい。

夜ごはんは、川原さんと。

ミニトマトのサラダ（白ごま油、塩）、ゆでオクラ、キクラゲとささ身と青じそ

キクラゲとささ身のポン酢醤油和え・しめじとトマトのバルサミコ酢炒め

ミニトマトのサラダ・焼売（いつぞやの）・混ぜこぜチャーハン

のポン酢醤油和え（ごま油）、焼売（冷凍しておいた、いつぞやの）、混ぜこぜチャーハン（しめじとトマトのバルサミコ酢炒め、青じそ）、缶チューハイ、ビール、ハイボール（川原さんのお土産の高級ウイスキーで）。

七月二十九日（木）
曇りのち晴れ

なんだか、ずーっと日記が書けなかった。

川原さんが来てから、あっという間の一週間だった。

毎朝、朝ごはんをふたりで食べ、洗濯物をたっぷり干し、あちこち軽く掃除して。

あれやこれやのお喋りのあと、十時近くになると川原さんは支度をし、「MORIS」に出かけていった。

その間、私は自分の仕事をしたり、ちくちくお裁縫をしたり。

テレビの打ち合わせもあった。

二回目のコロナワクチンを、受けにいったこともあったっけ。

「MORIS」の定休日の二日間は、ずっと一緒に過ごした。

ごはんを作ったり、お昼寝したりしている間、川原さんは絵を描いたり。

早い夕方から窓辺のテーブルで呑みはじめ、小さなおつまみをいろいろ作って、空の色が変わっていくのを眺めたり。

満月の一日前の月は、オレンジ色の大きいのが、空のずいぶん下の方にあった。時間がたってもほとんど動かず、大きいまま。

そうそう、満月の日も大きかったけれど、予想外のところから昇った日もあった。

考えてみたら、この家で誰かと一週間をともに過ごすのははじめてだった。

川原さんは二十年来の親友だし、ロシアやウズベキスタンの旅でも二週間くらい一緒にいた。

あのときもいろいろあったけれど、今回は、なんだか新しい川原さんに出会い直したような感じ。

私自身も、ふだんは隠れている面倒くさい自分に気づいた。

誰かと日常を過ごすって、一筋縄ではいかなくて、おもしろい。

今日から川原さんは、「MORIS」の上にある「スス」にお引っ越し。

私は八月四日、五日とテレビの撮影があるので、ぼちぼちひとりの生活に戻ろうと思う。

さて、そろそろお昼だ。

朝ドラを見ながら、食べよう。

午後からは、半月分ためていたレシートを整理し、現金出納帳に記入した。

朝、川原さんがていねいに掃除をしてくれたおかげで、どこを歩いても床がさらっとして気持ちいい。

今は五時半。蝉はミンミン、空はソーダアイスの色合い。

今日からうちに、上下左右に回転するサーキュレーター（川原さんのおすすめ）がやってきた。一階はクーラーがないので、滞っていた空気が流れるようになった。とっても涼しい。

頭がまん丸で胴体が小さく、なんとなくドラえもんみたいな形。これからはドラえもん扇風機と呼ぼう。

夜ごはんは、ひじきの薄味煮（油揚げ、ズッキーニ）、モロヘイヤのおひたし（青じそ、みょうが、ポン酢醤油）、ふわふわ納豆（卵白、ねぎ）、焼き茄子、ご飯。

七月三十日（金）
ぼんやりした晴れ

ヒグラシの声で目が覚めた。

まだ、五時半。

カーテンの隙間から、薄明かりが漏れている。

ラジオをつけ、六時半に起きた。その時点ですでにクマゼミの大合唱。窓を開けると、耳の中で鳴っているみたい。

眼下に見える街の「スス」の窓に向かって、「おはよう」の挨拶。

川原さんはまだ寝ているかな。

午後から、「毎日のことこと」を書きはじめた。

さて、そろそろ支度をして「MORIS」に出かけよう。

宮下さんも見にいらっしゃるそうだし、新しい川原さんの絵が、どんなふうに飾られているのか楽しみだ。

今日は、いくらか涼しいような気がする。ドラえもん扇風機のおかげもあるんだろうか。

パタパタと音がして、何だろうと思ったら、大粒の雨。お天気雨だ。

雨のなか、ヒグラシが鳴いている。

雨は空が青いまましばらく降って、止んだ。

坂を下りるとき、濡れていた道路がもうすっかり乾いていた。

暑い暑い、こんどはクマゼミだ！

夜ごはんは、元町の老舗の鰻《うなぎ》屋さんで。宮下さん、川原さん、ヒロミさん、今日子ちゃんと。鰻重（味噌汁、漬物）とキモ焼き。

トンテキの焼きトマト添え

豚ロース厚切り肉1枚（130g）　トマト（小ぶり）1個　にんにく1/2片
バルサミコ酢大さじ1/2　バター5g　その他調味料（1人分）

日記の中では、豚肉に早めに塩をすり込んでいます(P.12)。これでちょっとした塩豚になるので、お肉の味に深みが出て、やわらかくなります。塩の量は肉の大きさにもよりますが、厚切り肉1枚につき小さじ1/4くらい。バルサミコ酢と醤油を合わせたソースは、焼きトマトとの相性も抜群です。


豚肉は赤身と白身の間に包丁を入れ、スジ切りをします。両面にしておくと、さらに反りにくくなります。表裏に塩とにんにくのすりおろしをすり込み、冷蔵庫で5時間以上おいてください。

トマトはヘタを取り、横半分に切って切り口に1センチ深さの切り込みを格子状に入れます。バルサミコ酢、酒大さじ1、醤油小さじ2も合わせておきましょう。

フライパンを強火にかけ、米油小さじ1をひいて豚肉を焼きます。しっかりとした焦げ色がついたら返し、フライパンの空いたところにトマトを並べ、すぐにフタ。はじめは強火のまま焼き、フライパンの中に蒸気がこもってきたら（透明のフタを持っていない方は、音を聞いて想像してください)、弱火にして蒸し焼きにします。

両面においしそうな焼き目がつき、中まで火が通ったら一度火を止め、器に取り出します。

はねるので火は消したまま、合わせ調味料とバターを加えて余熱でトマトをからませ、お肉の器に盛り合わせます。

弱火にかけてソースに軽いとろみがついたら、トンテキの上にかけ、粗びき黒こしょうをふります。

いいなあ。
水色の空に、ヒマワリは茶色。

2021年8月

八月三日（火）

雨のち曇り

ゆうべから降りはじめた雨は、まだ降っている。

緑が濡れて気持ちよさそう。葉の先っぽまで、のびのびと伸ばしているみたいに見える。

霧に包まれているのも、とってもひさしぶり。空も海も街もまっ白だ。

でも、蝉は鳴いている。

ジャンジャンシャカシャカミンミンワンワン。

窓からはひんやりした風。なんだか山小屋にいるみたい。

私はくつ下をはいた。

さて。今日は、ちくちくお裁縫と、明日からの撮影の支度をゆっくりやろう。

今縫っているのは、緑と白の縦縞の夏のワンピース。

中野さんのお姉さんのワンピースから型紙をとらせてもらった、アッパッパーみたいな簡単服。

あれ？　明るくなってきた。

霧の向こうから光が当たっているみたい。

蝉たちの声も、もうひとまわり賑やかになった。

お昼ごはんのあと、なんとなしに体がだるく、微熱が出てきた。

夏バテなのか、ワクチン接種のせいなのか。

今夜は早めに寝よう。

夜ごはんは、鯖の西京みそ漬け、ピーマンのセイロ蒸し（ポン酢醤油）、卵豆腐（ワカメ）、ひじき煮の白和え、ゆかりおにぎり。

八月四日（水）　快晴

ぐっすり眠って、五時半に起きた。

熱も下がり、すっきりしている。

ゆうべ、夜中に目が覚めたとき、ジ、ジ、ジと小さな音がした。

規則的に繰り返し、ずっと鳴っていた。小鳥が地鳴きをしているのかなと思って窓を開けたら、蝉だった。

まだあたりは暗く、時計を見ると三時。そのあとずいぶんたってから、いつものようにヒグラシが鳴きはじめた。生まれたてのヒグラシが、鳴く練習をしていたんだろうか。

今日はテレビの撮影。

八時半にディレクターのおふたりと、メイクさんがいらっしゃる。

それにしてもいいお天気。

海がまっ青。

きのうの雨と霧で、洗濯されたみたいな青だ。

*濱田さんはきっと、晴れ男だな。

撮影は、夕暮れのシーンを最後に、七時半に終わった。

明日の集合は午前十時。

リビングの隅に機材が集められ、黒い布がかかっている。

ずっと一緒に過ごしていたから、まだみんながいるみたいな感じ。

夜ごはんは、ロケ弁（「丸徳寿司」の太巻きと、お稲荷さん）の残り、胡瓜とピーマンの塩もみ（青じそ、ポン酢醤油）。

八月六日（金）
薄曇り

八時に起きた。

疲れを取ろうと思って、わざと寝坊した。

ゆうべは十二時ごろにクーラーを消し、窓を開けて寝ていたのだけど、ドラえもん扇風機だけでもずいぶん涼しかった。

ぐっすり眠って、夢もいろいろみた気がする。

テレビの撮影は、きのうぶじに終わった。

毎日楽しかったなあ。

いつもの私の、いろいろな場面を撮っていただいた。

「これは片づけた方がいいですか？」と、台所の余計な物をどかそうとしたら、「いいえ、そのままで大丈夫」と、濱田さんに言われた。「高山さんがすることは、何でも正解です」とも。

濱田さんは、びっくりするほど重たいカメラで撮ってらした。

*カメラマンの濱田英明さん

なんだか、ずーっと撮られていた。でも、ちっともいやではなく、嬉しい感じ。濱田さんがトイレなどでいないときには、何も言わずに助手の若者がカメラをまわしていた（カメラを床に置いたまま撮っていたので、最初は気づかなかった）。

台本はあらかじめ作らずに、濱田さんが撮った映像を見て、それから番組を組み立てるらしい。そんな編集の仕方は、ディレクターさんもはじめてなのだそう。「手探りだけど、楽しそうな気もするのでやってみます」と、打ち合わせのときにおっしゃっていた。

なんだかこの感じは、『自炊。何にしようか』の本作りにも似ている。

いったい、どんな番組になるんだろう。秋の放送だそうです。

詳しいことはまだ書けないけれど、時期が来たらお知らせします。

それにしても、今日はずいぶん涼しい。きのうはあんなに蒸し暑かったのに。山からのひんやりした風が、玄関の通路を通って吹いてくる。

私はきのうとおとついのことを思い出しながら、あちこち掃除機をかけ、雑巾がけをした。「みんな、お疲れさま」と声をかけながら。

みんなというのはこの家と、家にある物。それから母と、去年亡くなった友人の桃*ちゃん。

そういえば、外のロケから帰ってきたとき、濱田さんが誰もいない家に向かって

「ただいま」と言った。「なんか、合宿みたいですね」とディレクターさんも言って、全員で「ほんとやなあ」となった。

本当にこの二日間は、スタッフ七人と私で、共同生活をしているみたいだった。

きのうのお昼は、「丸徳寿司」の細巻きパックと太巻き二種。

私は冷蔵庫のものをあるだけ全部使って、みんなに賄いを作った。

焼き茄子、枝豆とひじき煮の白和え、しらすおろし、スイカの皮の塩もみ（青じそ）、ワカメと生姜のポン酢醤油和え……あとは何を作ったんだっけ。

なので冷蔵庫は今、すっからかん。

◇あっちゃんが送ってくれた山口のひじきで、生姜と豚肉入りの塩味のひじき煮を作った。

あと、あぜ♧つさんが送ってくださった大分の干し椎茸ももどし、甘じょっぱく煮はじめたところ。

干し椎茸の煮汁がたっぷりめだったので、どうしてもカンピョウを加えて煮たくなり、散歩がてら「コープさん」に買いに出かけた。

お風呂上がりに、虹が出た。

同時に、紀伊半島の先の方で、スコールが降っているのが分かる（空は青いのだけど、雲につながっている海との間が白くなっている）。

＊編集者の故・つるやももこさん
◇私がシェフをしていた「クウクウ」時代の厨房仲間
♧新潮社の編集者だった畔津真砂子さん

そのあとも、違う場所で出た。ぜんぶで三回。

きのう虹が出ていたら、濱田さんはきっと撮っただろうな。

でも、それじゃああまりにでき過ぎだ。

夜ごはんは、じゃが芋のターメリック炒め、ひじきの塩味煮、南風荘ビール（ビールのグレープフルーツジュース割り）。

八月十日（火）
晴れ

ゆうべは涼しかった。

クーラーをつけていないのに、つけているみたいだった。夜中に起きて確かめてみたほど。

五時前にヒグラシの声で目が覚め、カーテンを開け、窓を開けたら秋みたいなひんやりとした風が吹いていた。

きのう、中野さんが送ってくださったヒマワリの絵を、大きな画面でまた見ている。いいなあ。水色の空に、ヒマワリは茶色。

じゃが芋のターメリック炒め・ひじきの塩味煮

蒸し寿司・焼き茄子＆焼きピーマン

空があんまり眩しいから、影になって、本当に茶色く見えるんだと思う。ソウリン君が種を植えたヒマワリ。もう五つも大輪の花が咲いたんだな。絵の中に入り切らなくて、溢れてしまったような絵。私はこういう絵が大好き。さあ、今日は何をしよう。

蝉の声は、今日はちょっと弱くなっている気がする。そうでもないんだろうか。

午後、郵便局へ。

「毎日のことこと」のために、蝉の小さな絵を描いて送りにいった。

銀行やコンビニをまわって、「MORIS」へ。この間煮たひじきがおいしくできたので、おすそわけをしに。

ヒロミさんが、おもしろそうな本を貸してくださった。

夜ごはんは、蒸し寿司（この間のちらし寿司の残りをセイロで温め、マグロの中落ちとねぎを和えてのせた）、焼き茄子＆焼きピーマン（お昼のぶっかけそうめんにのせた残り）。

夜ごはんのあと、夕焼けがきれいなので二階に上がったら、空の茜色が海に映っていた。

ふり向くと、部屋の中まで夕焼け。床が茜色に染まっているのだ。

八月十二日（木）

雨

夜中に大雨の音で目が覚め、あちこちの窓を閉めにいった。

ひさしぶりの雨。とても涼しく、よく眠れた。

ゆうべは『趣味どきっ！』の「人と暮らしと、台所」にみどりちゃんが出ていて、見終わってすぐに寝たのだけれど、胸のあたりがずっと温かかった。

みどりちゃんは、いいなあ。話している言葉にも、体にも贅肉がついていない。かっこいいなあ。

昌ちゃんが作ったという、紙でできた家の模型にもぐっときた。遠く離れて、何年も会えなくても、好きな人たちが元気でいるというのはとても嬉しいことだな。

雨は強く降ったり、静かに降ったり。

今日は午後から、中野さんの家へ。お盆休みをご家族と過ごす予定。

なので、あちこち念入りに掃除した。

帰ってきたときに、すっきりと気持ちがいいように。

八月十八日（水）
雨のち晴れ、のち雨

中野さんの家から帰ってきたら、六甲は季節が変わっていた。とても涼しい。肌寒いほど。蝉の声もずいぶん弱くなった。明け方にはヒグラシが聞こえていたけれど、朝はツクツクボウシが鳴いていた。もう夏も終わろうとしているんだろうか。

今、チューイ、チューイという声がして、見ると、お腹がオレンジの小鳥。頭と首のあたりが白い。ジョウビタキかと思って調べてみたら、ヤマガラだ！

また雨が降ってきた。

中野家でのお盆の間も、ずっと雨だった。雨降りの日に、家の中で子どもたちと過ごしていたら、自分の小さいころのことを思い出した。

雨戸が半分閉めてあり、電気をつけて遊ぶ感じ。外の様子が分からなくて、音がこもって聞こえてくるような感じ。家族や家に守られている、温かな感じ。

日曜日だったかな、一日だけ晴れたので、丹波篠山までドライブをした。

帰る日に、ユウトク君とふたりで雨上がりの田んぼを散歩したのも楽しかった。

テラリウムのために、ふさふさとした苔や、丈の低い植物を探してゆっくり歩いた。あぜ道で、ニラらしき花が蕾になっていた。葉をちぎって匂いを嗅ぎ、確かめてみた。やっぱりニラだ！

ハンミョウの幼虫は、ニラでつり上げられるんだそう。

「シロツメクサやツユクサも、きれいだと思う」と私。ユウトク君は「花はひとつだけがええねん」と言って、薄いピンクの小さな花のついた雑草を一本だけ摘んだ。

ユウトク君は川や水路があるたびにしゃがみこみ、水の中をじっと見て動かない。小さな魚や貝、生きものの卵、水草なんかを見ているらしい。

私もしゃがんでみる。魚や貝がいるのは見えるのだけど、何も感じない。ユウトク君には、どんなふうに見えているんだろう。

帰って、お昼ごはん（ココナッツミルクカレーの残り、ソウリン君が作ったハムと紫ピーマンのケチャップ炒め）を食べ、縁側で蚊に刺されながら、摘んできた苔や草、石でテラリウムを作った。

透明なガラスボウルを目の高さに持ち上げて見ると、小さな森のよう。その森には岩山があり、緑の湿原に薄いピンクの花が一輪だけ咲いていた。

三時くらいから少しずつ晴れてきた。

今は青空が見えている。さて、「コープさん」にとうもろこしを買いにいこう。

明日は午後から、テレビのディレクターさんおふたりが、打ち合わせにいらっしゃる。

夜ごはんは、鯖のみりん干し、ツルムラサキのおひたし、メカブ、スイカの皮の塩もみ、ご飯。

八月十九日（木）
雨のち曇り

朝からとうもろこしの絵を描いていた。

これは、テレビのためのもの。

ああだこうだと描いていて、あっという間にお昼になってしまった。

一時半から打ち合わせ。

その場で文字を書いたり、小さな絵を描いたりして、三時くらいに終わった。

さて、中野さんの家でのこと、日記とはいえないようなメモをまたここに書き出してみよう。

八月十三日（金）　雨

ゆうべの夜ごはんは、ホットプレートで焼き餃子。

お姉さんと百二十五個包んで、焼いた。

具は豚ひき肉、筍、椎茸、ニラ、キャベツ、おろしにんにく、おろし生姜、卵。

卵を入れるのに驚いた。だからあんなにふっくら焼けるんだな。

そして具は、はみ出しそうなくらいにたっぷり包む。

包んだ餃子は、片栗粉をはさんで重ねるとくっつかないし、焼くときにうまいこと羽根ができる。

今朝は七時二十分に起きた。

雨の音が近くて、山小屋で寝ているみたいだった。

朝ごはんのあと、中野さんの部屋でユウトク君と宿題。

漢字ドリル、割り算、日記をやった。

日記を書く前に、「毎日のことこと」のゲラを読んでもらった。

ところどころ、むずかしい漢字があるのだけど、ユウトク君はだいたい読める。でも、「朝の冷やしそうめんに、日ひつじをもやしてポストまで手紙を出しにいくことにしました」と、ふざけるでもなく普通に読んだとき、私は手をたたいて喜んだ。

正しくは「朝の涼しいうちに、日傘をさしてポストまで手紙を出しにいくことにしました」だ。

宿題のあとで、リフォームのお手伝い。二階の壁に、ローラーでボンドを塗った。

明日、珪藻土《けいそうど》を塗るので、その下塗りだ。

汗びっしょりかいて、お昼ごはんはお総菜（お母さんがコインランドリーに行きがてら、買ってきてくれた）の盛り合わせ。肉団子の中華風、鶏の唐揚げ、さつま揚げ、餃子（ゆうべの残り）、ミニざる蕎麦、ちび納豆。

夕方、お姉さんと夕飯の支度をしているとき、中野さんと子どもたちは食卓でトランプの塔を建てていた。

倒れないよう慎重に、一枚ずつのせていく。

倒れてしまったら、また最初から。

そのうち奥の部屋から、お父さんとお母さんが唱える御詠歌《ごえいか》が聞こえてきた。

しばらくして、中野さんとユウトク君が仏壇の前へ。

とちゅうから私も参加。お姉さんとソウリン君も来た。

みんなで声を合わせ、低く歌う。

ユウトク君は歌わずに、私の右腕に腕を絡ませてきた。

私の二の腕はやわらかく、気持ちがいいらしい。

いいお盆だな。

ニュースによると、コロナ感染者は今日、全国で二万人を超えたそう。

夜ごはんは、ちらし寿司（干し椎茸&カンピョウの甘辛煮、胡瓜の塩もみ、カニカマ、錦糸卵）、ひじき煮（人参、油揚げ）、キクラゲの生姜炒め（かつお節）。

お風呂上がりに、子どもたちと中野さんと四人でトランプの「神経衰弱」。

そのあとで電気を消し、プラネタリウムを天井に映した。

お義兄さん、ソウリン君、ユウトク君と床に寝そべって星座を見る。

お姉さんはお風呂、中野さんは食卓に座って見ていた。

八月十四日（土）

小雨

お昼ごはんを食べ、お父さん、お姉さん、ユウトク君と志方牛を買いにドライブ。

ロース、赤身、ハラミ（前回の日記に、間違えてミスジと書いてしまった）、せせり。

牛レバーと牛タンも買った。

帰ってきたら、中野さんがベニヤ板で、珪藻土をのせるための道具を作っていた。持つところもちゃんとついている。

お母さんをのぞいた家族全員で、壁塗り。

ソウリン君は脚立に乗って、とても上手に塗る。

飽きずに、ずっとやっている。

私は、生まれてはじめて壁を塗った。

とても楽しい。

しばらく休憩し、隣の部屋の壁もやる。

珪藻土がなくなったので、続きはまたこんど。

汗びっしょりかいて、私がいちばんにシャワー。

さっぱりして、夜ごはんの支度。

夜ごはんは、ホットプレート焼き肉。

お風呂に入る前に、中野さん、子どもたちと夕暮れの散歩。

緑のあぜ道を歩いた。

八月十五日（日）
晴れ

七時かと思って起きたら、八時半だった。

丹波篠山へドライブ。

お昼にお蕎麦を食べた。

夜ごはんは、ゴーヤーフライ、カニカマフライ、ポテトフライ、青じそ天ぷら、ココナッツミルクカレー（玉ねぎ、じゃが芋、人参）、スパイスチキン。

夜ごはんのあと、お義兄さんと子どもたちと四人で夕暮れの散歩。

きのう中野さんと歩いたのと、同じあぜ道を歩いた。

エンマコウロギ、スズムシ、フィリリリリが鳴いていた。

「フィリリリリーと鳴く虫はな、あだ名がフィリリリリやけど、本当の名前はクサヒバリやで」と、ソウリン君が教えてくれた。

お風呂から出たら、テレパシーごっこ。

これは、中野さんが保育士のころによくやっていた、真剣な遊び。

まず、ひとりが紙に絵を描き、小さく折りたたんで相手に手渡す。

次に、相手のおでこに向かって、何の絵を描いたかを強く念じる。

相手は、絵を描いた人の目をじっと見て、それを当て、紙に描く。

描けたら、みんなの前で両方の紙を開く。

この、浮かび上がってくる絵を、そのまま紙に写し取る感じは、中野さんが絵を描くときに少し似ているのだそう。


日記メモはここまで。

夜ごはんは、豚コマ切れ肉とツルムラサキの醤油炒め、干し椎茸の甘辛煮、青唐辛子みそ、スイカの皮の塩もみ、半熟ゆで卵（冷やご飯とともにセイロで蒸した）、とうもろこしの味噌汁、ご飯。

お風呂上がり、空のまん中にぴかぴかの月。

明日は、中野さんがユウトク君を連れて、うちに泊まりにくる。

これが四回目の夏休みだ。

八月二十三日（月）
曇り一時晴れ

六時半に目覚め、朝のラジオ。

曇り空でも洗濯をする。

風はひんやりなのだけど、太陽が顔をのぞかせると、そこだけ暑い。暑いのと涼しいのが同時にある。

ゆうべから低温発酵させておいた生地で、パンを焼いた。

いつもの丸いのではなく、四角い型で。

中野さんとユウトク君が来たのは、いつだっけ。

金曜日に来て、土曜日に帰ったんだ。

雨の予報だったけれど、ほとんど降らなくて。晴れはしなかったけれど、それだけで充分にありがたい日々。わずか二日の間だったのに、とても長く感じた。楽しかったなあ。

まだ余韻に浸っていたくて、しばらく掃除ができなかった。

今日は二階から掃除機をかけ、一階もやる。

雑巾がけをしながら、その場所に来ると、ユウトク君の面影が浮かぶ。

そのたびに手が止まり、ボーッとしてしまうので、なかなか進まない。二階から下ろしたユウトク君専用の腰掛けは、まだそのまま置いてある。

午後になって、青空が出てきた。

シーツをはがして敷き布団を干した。

おとついから書いていた絵本の紹介コラムを仕上げ、今お送りしたところ。

さて、現金出納帳をつけようかな。

夜ごはんは、焼き肉味の牛そぼろ丼（とうもろこしのいり卵、キムチ）、もやし炒め、ツルムラサキとメカブのぬるぬる和え、味噌汁（とうもろこし）。

八月二十四日（火）

薄曇り

ぐっすり眠って、七時半に起きた。

ゆうべは月が白く光っていた。満月ではなかったけれど、カーテンを開けたまま寝ようとしたら、心がわさわさとして眠れなかった。

今朝はとても涼しい。

海から山から、風が吹き抜け、部屋中の紙や布をハタハタさせている。

ゆうべも寝ながら、ユウトク君のことを考えていた。

六甲駅で待ち合わせをしたとき、ふたりはなかなかエスカレーターを上ってこなかった。ユウトク君はいろいろなものが珍しいらしく、立ち止まってじっと見る。中野さんちで散歩にいっていたときより、もっと、もっと。

その様子を見ているのが楽しくて、私もゆっくり歩いた。

中野さんはというと、何でもユウトク君に任せ、隣で同じものをみつめたり、離れたところから見守っていたり。

帰る日のお昼ごはんには、「ユウトク。タイ風のひき肉ご飯と、メキシコ風のパスタとどっちが食べたい？」と聞いていた。自分はパスタが食べたいのに。

ずっと一緒にいると、私は知らない間にユウトク君の目で見よう、考えようとしている（自然にそうなる）ことにも気がついた。

ユウトク君は、目の前のものをただじっとみつめ、それに反応して出てきた言葉を喋る。中野さんもそう。私はふたりとは違って、理屈っぽいことをときどき言ってしまう。

そういうとき、自分の言ったことがものすごくつまらなく感じる。自分はだめだなあと思う。

でも、自分はだめだなあと思うとき、皮がむけてやわらかくなり、体の内側もぷっくり膨らんで、その膨らみに、相手のおもしろさやこの世界のおもしろさがそのまま入ってくる。だから、ふたりと一緒にいると、何をしても楽しいんだと思う。

ひと晩泊まった翌朝、三人で川の上流に行こうとしていたときだったかな。玄関でユウトク君が聞いたことのない声を出した。

「ふうんんんまげまいまいまいまい　ふうんんんまげまいまいまいまい」

同じフレーズを何度も繰り返す。声というより、体が楽器になって振動している感じ。ホーミーみたいな、蝉が鳴いているみたいな声。

それが、すごくおもしろかった。私も子どものころ、みっちゃん*とその遊びをよくやった。

*私の双子の兄

夜ごはんは、南瓜とじゃが芋のポタージュ、パン（レバーペースト、川原さん作の粒マスタード）。

八月二十七日（金）
快晴

きのうからひさしぶりに晴れ続きなので、布団カバーやシーツをはがし、洗濯大会。布団もかわりばんこに干している。

きのうからはじめた、「毎日のことこと」の続きを書く。

午後に、アノニマの村上さんから電話があった。『帰ってきた 日々ごはん⑩』のゲラが上がってきたので、アルバム写真と照らし合わせながら打ち合わせ。

村上さんは元気そうだった。東京はとっても暑いのだそう。きのう職場から帰ってきて、閉め切っていた二階の部屋に入ったら、熱気がこもって息ができないほどだったそう。

私のいるところも、夏が戻ってきたみたいに暑いけれど、海から山から風が吹いてくるので、わりと涼しい。

さあ、また「毎日のことこと」の続きに向かおう。

いいところまで書けている気がする。

夕方、二階を掃除していて、網戸のところに大きな蜂がいたので、思わず掃除機で吸い取ってしまった。

そのあと吸い口をはずし、窓の外に向けてみたのだけど出てこない。吸い口の根もとをはずせば、飛び出してくるだろうけれど、へたにはずしたら向かってくるかもしれない。

わー、どうしよう！

ひとまず掃除機の吸い口を床にふせ、そのままにしてある。

六時前。

今日は、海が青いな。

遠くの海を進む船。西陽で黄色に光っている街。

ツクツクボウシ、ツクツクボウシ。

ヒグラシ、ヒグラシ。

息を吸うと、地面の湿ったいい匂いが上ってくる。

夜ごはんは、塩豚のじりじり焼き（出てきた脂で玉ねぎを焼き、ツルムラサキも炒め、京都のギャラリー「nowaki《のわき》」のミニちゃんが送ってくれた黒七味を添えた）、塩もみ人参（スダチ）、お昼のぶっかけそうめんの残り（豆腐、すりごま、オクラ）。

八月二十九日（日）
曇りのち晴れ

六時に起きたとき、空は厚い雲に覆われていた。でも、それは下の方だけで、高いところには小さな青空があった。その水色に向かって、広がってください……と寝そべったまま念じていた。

今日は、つよしさんが遊びにくるので。

きのうの朝は秋晴れみたいにいいお天気で、窓を開けたとたんに驚いた。風が、夏とはあきらかに違う。光も違った。猫森の葉っぱの照り返しは、きらきらというよりぴかぴかだった。

こんな日に、つよしさんに会えたらいいなあと思ってメールをしたら、友だちの写真展があるとかで、それで今日になった。お昼ごはんを一緒に食べる予定。

天然酵母のマフィンがちょうど今朝届くそうで、持ってきてくれる。嬉しいな。

さて、何をこしらえようか。

塩豚のじりじり焼き・塩もみ人参・お昼のぶっかけそうめんの残り

ねぎトロ巻き（スーパーの）・しし唐のおかか炒め・スイカの塩もみ

今、塩豚を厚めに切って、にんにく、黒こしょうをつぶしたすり鉢に入れ、オリーブオイルでもみ込んだところ。玉ねぎも薄切りにした。

つよしさんが来たら、作りはじめよう。

そういえば、朝掃除機をかけていたとき、蜂は出てこなかった。きっと死んで、埃にまみれ、ゴミパックの中にいることだろう。申しわけない。

メニューは、冷や奴の枝豆のせ（ごま油、塩）、枝豆のミニ春巻き、お土産のマフィン&塩豚とミニトマトのポットロースト・粒マスタード添え（玉ねぎをあめ色になるまで炒め、生バジルも加えた）、スイカの皮の塩もみサラダの予定。

つよしさんとの会は、とても楽しかった。

一時くらいから軽く呑みはじめ、つよしさんのお喋りをいっぱい聞いて、四時くらいにふたりで日傘をさし、てくてく歩いて川の上流へ行った。

そこはこの間、ユウトク君たちと行ったところ。

靴を脱いで川の中を歩いたり、石に腰掛け炭酸を飲んだり。つよしさんも、川に入ると子どもみたいになる。

夏休みの小径を通ったとき、ゴーヤーと南瓜の棚はまだ元気で、黄色い花が咲いていた。パッションフルーツがたくさんぶら下がっているのを、立ち止まってふたりで見た。

門の外に黒い大きな犬がいて、前にゴーヤーをいただいたおじさんに挨拶をしたのも、なんだかよかった。

つよしさんは明日から学校なので（小学校の図工の先生をしている）、今日で夏休みも終わり。だからかな、小学生どうしで川へ遊びにいったような、そんな散歩だった。私たちは、絵と絵本が好きな友だちどうしだ。

そのまま六甲駅まで坂を下り、オシロイバナの咲く線路沿いの小径（今日子ちゃんに教わったところ）を歩いて、お見送りして帰ってきた。

夜ごはんは、ねぎトロ巻き（スーパーの）、しし唐のおかか炒め、スイカの塩もみ。

じゃが芋のターメリック炒め

じゃが芋小３個　クミンシード小さじ1/4　ターメリック小さじ1/3
その他調味料（１人分）

「MORIS」でお昼ごはんにごちそうになってから作るようになった、レモンイエローのひと皿。今日子ちゃんは「じゃが芋のナムル」と呼んでいました。もとはといえば、料理家の細川亜衣ちゃんのレシピだそうです。簡単なのにとてもおいしいので、私もよく作るようになったのだけど、ポイントは香りのいいターメリックを使うことと、お皿に盛ってからのチリペッパーのひとふり。夜ごはんを軽めにしたいときに、窓辺で夕空を楽しみながら、南風荘ビール（グレープフルーツジュース割りのビール）とともにいただきます。じゃが芋は男爵やメイクインでもおいしくできますが、キタアカリやトウヤがおすすめ。


じゃが芋の皮をむいてマッチ棒くらいの細切りにします。軽く水にさらし、ザルに上げておきます。

フライパンを弱火にかけ、クミンシードを空炒りします。

パチパチと音がし、よい香りがしてきたら、なたね油か米油大さじ１をひいてじゃが芋を加えます。菜箸で混ぜて油をまとわせ、しばらく炒めてから塩小さじ1/4をふりかけ、さらに炒めます。

味見をして、少し歯ごたえが残るくらいになったらターメリックをふりかけ、まんべんなく色がつくまで炒め合わせます。

器に盛りつけたら、チリペッパー（なければ一味唐辛子）を少々ふりかけてできあがりです。

ラジオを消したら、
葉のこすれ合う音が聞こえてきた。

2021年9月

九月一日（水）
曇りのち小雨

ゆうべは寝る前に、秋の虫の声がした。

フィリリリリと、低い声でずいぶん長いこと鳴いていた。一匹だけ。ソウリン君が教えてくれたクサヒバリだろうか。

今日から九月、子どもたちは新学期。

きのうよりは涼しいようだけど、湿気がある。

朝から「毎日のことこと」の校正をして、お送りした。

ツクツクボウシが全盛のなか、チイ、チイ、チイと、とぎれとぎれに鳴く小鳥がいる。そのたびに窓辺に立って目をこらすのだけど、姿は見えず。二、三度そんなことがあった。

きのう、新しいワンピースが縫い上がったので、今日からは『帰ってきた 日々ごはん⑩』の校正に向かおう。

午後、どうしても身が入らない。

けっきょくやめにして、玄関のクローゼットにしまい込んである絵本『たべたあい』の原画（大きな箱に入っている）を出すことにした。

いらない物を全部出し、ゴミをまとめ、掃除機をかけた。

きれいにたたまれた新聞紙が袋に詰めてあったり、空きビンやシャンプーの容れ物がひとまとめにしてあったり。すっかり忘れていたけれど、いつか使うかもしれないと思ってとっておいたんだな。

汗だくだくになって、まだ四時だけどお風呂に入ってしまう。

は——、スッキリした。夜ごはんの春巻きを作ろう。

夜ごはんは、春巻き（豚コマ切れ肉、干し椎茸、干し海老、もやし、春雨）、しし唐のおかか炒め、枝豆ご飯。

日暮れどき、風を孕《はら》んで膨らむカーテン。街の灯りが霧に浮かび上がって、とてもきれい。

しんみりと薄暗い、窓辺の写真を撮った。

九月二日（木）
曇りのち雨

今朝は六時に起きてラジオをつけ、猫森をぼんやり眺めていた。

枝が風で揺れている。

ラジオを消したら、葉のこすれ合う音が聞こえてきた。

カサカササワサワ。

空気が乾いて、もうすっかり秋の気配だ。そのうち雨が降ってきた。

今日は、どうしても欲しい本があって、三宮の本屋さんに買いにいった。

近ごろ眼鏡の調子もあまりよくないので（鼻に当たる部分がぴったりし過ぎて、肌が赤くなる）、ついでに眼鏡屋さんで見てもらった。「ユザワヤ」さんにも行った。

本は、『小さな声、光る棚』。荻窪にある書店「Title《タイトル》」の店主、辻山良雄さんの本。今月の「毎日のことこと」が載った日の神戸新聞に、辻山さんのインタビューがあり、とてもおもしろかった。それで、いてもたってもいられずに、どうしても読んでみたくなったというわけ。

六甲に帰ってきて、「MORIS」に寄って、『日めくりだより』にサインをした。

その様子を今日子ちゃんがスマートフォンで撮影し、同時に配信もして、「突撃！

ゲリラ・インスタライブ」となった。

外は雨がざーざー降りでも、「MORIS」はひっそりと静か。そして、温かな空気。

なんだか山小屋でサインをしているみたいだった。

夜ごはんは、カニカマ入り卵焼き、味噌汁（油揚げ、ニラたっぷり）、枝豆ご飯。

お風呂から上がって、ベッドの中で『小さな声、光る棚』を読み耽る。

九月四日（土）
雨が降ったり止んだり

ぐっすり眠って、五時半に起きた。なんとなく寝ていられなくて。

ゆうべも『小さな声、光る棚』を読んでから寝た。

すごくいい。

お昼前にスイセイから電話。小一時間ほどお喋りをした。

そのあとで、洗濯物を干す。

ツクツクボウシが弱々しく鳴いている。小雨が降っているけれど、海に近い空は白くて明るい。雲の後ろに太陽があるから。

まだ、詳しいことは書けないのだけれど……九月七日の夜八時くらいから、辻山さんと対談をすることになった。

お互いの本、『小さな声、光る棚』と『自炊。何にしようか』についてお話しする。その様子は、オンラインでライブ配信されるそうです。

今、チイ、チイというひかえめな声がして、見ると小鳥が二羽、電線の離れたところにとまっている。

お腹はオレンジ、首のまわりが白い。ヤマガラだ。

しばらくして、今度は玄関の方からツクツクボウシ。見に出てみると、一匹だけなのだけど、やけっぱちで鳴いているみたいなものすごく大きな声。通路の窓に、西陽が当たっている。

夜ごはんは、冬瓜と豚バラ肉の中華風煮込み（オイスターソース、黒酢、醤油、きび砂糖、にんにく、八角）、春巻き（いつぞやに揚げたのをフライパンで温めた）、人参のぬか漬け、春雨とミニトマトのトムヤム風かき玉スープ、ご飯。

九月十二日（日）
小雨

今週はいろいろなことがあり、ずっと動いていて、日記がちっとも書けなかった。

まず、火曜日には東京に行った。

どうしてかというと、授賞式があったから。

『自炊。何にしようか』が、「二〇二一年　料理レシピ本大賞」に入賞しました。

その日は、賞状をいただいたその足で、荻窪の「Title」に出かけ、辻山さんとインスタライブ対談をした。

次の日の朝、取材をひとつ受け、おいしい鰻のお昼ごはんをごちそうになって、明るいうちに神戸に帰ってきた。

そして翌日、こんどは中野さんがやってきた。

福岡県大牟田《おおむ》《た》市の「ともだちや絵本美術館」の学芸員の方に、絵本『たべたあい』と『おもいで』の原画をお渡しするために。

中野さんが帰る日には私も車に便乗し、中野家に遊びにいった。それが、きのう。

なんだかきのうは、夏休み最後の遊び納めみたいな日だった。

ユウトク君、ソウリン君と三人で池までサイクリングし、広場で自転車を走らせたり、池に浮かんだ小島で肉や魚を焼くごっこをしたり（ふたりが小枝を集めてかまどを作り、焼いてくれた）。私が船を操縦したり（池は海。小島が船で、甲板で肉や魚を焼いているという設定）。気づいたら二時間も遊んでいた。

私は東京に行った日からずっと、眠りが浅かったのだけど、ゆうべ中野さんの家でようやくぐっすり眠れた。

田んぼや畑、川、植物、地面の息吹。まっ暗ななか、コオロギやカエルの声がすぐ近くで聞こえていた。

そうしてさっき、お昼過ぎに六甲に帰ってきたというわけ。

さて、ここでお知らせです。

来週の日曜日に、濱田英明さんに撮影していただいた番組が、ＮＨＫ総合で放送されます。

『高山なおみの神戸だより 海の見える小さな台所から』の夏編。

関西地方のみの放送ですが、インターネット配信の「ＮＨＫプラス」では、全国の方も見られるそうです。

いったいどんな番組になったんだろう、どきどきするなあ。

さあ、明日から私は仕事をしなくちゃ。

夜ごはんは、冬瓜と豚バラ肉の中華風煮込み（いつぞやのに豆腐と小松菜を加えた）どんぶり、モロヘイヤと胡瓜の三杯酢、たくあん。

九月十四日（火）
小雨

ぐっすり眠って、夢もみて、七時半に起きた。

ちょっと寝坊。

朝ごはんの前に、傘をさしてポストまで散歩した。雨が強くならないうちに。半袖では寒いくらいだった。

夏休みの小径を通って帰ってきたら、もう完全に夏は終わっていた。ゴーヤーの棚には、黄色い花がひとつふたつ残っていたけれど、南瓜も冬瓜ももうおしまい。

クサギの実が深紅のガクに包まれ、瑠璃色に染まりはじめていた。

しゃらしゃらと簪《かんざし》のように垂れ下がって咲く花は、まだ黄緑。私が「わあ、きれい」と言いながら触ったら、「なおみさん、きれいやと思っても、すぐに触ったらダメやで。毒があるかもしれんからな。図鑑で調べてからにしてな」と、ユウトク君に諭された植物だ。

さあ今日は、「気ぬけごはん」の続きを書こう。明日が締め切りなので。

今、試作をしながら書いている。

小雨が降り続ける、静かな静かな日。

降っているのかいないのか、分からないくらいの雨だけど、水たまりに波紋ができている。こんな日は文を書く日和。

夕方、だいたい書けたかも。

書けたと同時に、朝日新聞出版の森さんから原稿が届いた。

この間東京で『自炊。何にしようか』についてお受けした、「AERA《アエラ》」の取材原稿だ。

今日はもう仕事は終わり。明日、ゆっくり確認しよう。

夜ごはんは、鰆《さわら》の幽庵焼き、冬瓜のあんかけ煮、白和え（干し椎茸の含め煮、油揚げの甘辛煮）、塩むすび。

九月十六日（木）
晴れ

六時半に起きてカーテンを開けたら、空がまっ青だった。

小さな羊みたいな雲が、たくさん散らばっている。

眩《まばゆ》い空。しばらくベッドに寝そべったまま、大の字で太陽の光を浴びた。顔だけ両腕で隠しながら。

締め切りはまだ先だけど、「毎日のことこと」を書きはじめる。

きのうは、「気ぬけごはん」を仕上げてお送りしたし、「AERA」も直すところがほとんどない、すばらしい原稿だったので。

気づけばもうお昼。ツクツクボウシがものすごく騒がしく鳴いていると思ったら、網戸に一匹張りついていた。

小さなツクツクボウシ。生まれたばかりなんだろうか。体をふるわせ、一心に鳴いている。

さて、お昼を食べたら坂を下りよう。今日は二時から、税理士さんとの勉強会。ノートや銀行の通帳、パソコンも持っていく。

「スス」でやらせていただくので、終わったら今日子ちゃん、ヒロミさんと授賞式ごっこ（『自炊。何にしようか』の）をする計画。賞状を持っていかなくちゃ。

夜ごはんは、ささやかなパーティー。自分用に買っておいた「美〜なす」（ビーなすと読む。白緑色の皮の、大きくてやわらかな茄子）と豚肉を、「MORIS」の冷蔵庫にあるものと組み合わせ、今日子ちゃんが作ってくれた。

献立は、南風荘ビール（私作・おいしい小夏ジュースで）、冬瓜と豚肉の酸辣湯《サンラータン》（おろし生姜、青唐辛子の酢漬け、ごま油）、「美〜なす」の天火焼き（半分に切ってなたね油をたっぷりまわしかけ、塩をパラパラふって、二三〇度のオーブンでこんがり焼く）、ピザ（牛肉、長ねぎ、ミニトマト、トマトペースト、米油をよく混ぜたものをピザ生地に広げてのせ、二三〇度のオーブンでふっくらと焼く）。デザートはプルーンの天火焼き（半分に切った種つき生プルーンの上に、三温糖をふりかけて）。

九月十九日（日）
快晴

六時前に起きた。

すでに青空が広がっていて、雲だけ茜色。その茜色がだんだん黄色くなって、雲の上から太陽が昇ってきた。

昇る前、雲の縁だけがダイヤモンドみたいに光っていたので、あそこから昇るのだなと分かった。

ひさしぶりに陽の出を見た。

この時間、いつもだったらベッドの上でごろごろしているのだけど、今日はテレビの日なのでもう起きてしまう。

朝風呂にも早めに浸かり、紅茶をいれてスタンバイ。そわそわするので、床にクイックルをしてまわった。

いったい、どんな番組になっているんだろう。どきどきするなあ。

終わったとたん、明石に住んでいるおじちゃん（母の弟）から電話がかかってきた。大きな声で、開口いちばん「いやー、あんたはお母さんにそっくりやなあ」と笑っている。

「顔が？」と聞いたら、「そうなあ、顔もやけど、笑い方とかいろいろな。やあ、若いころの照ちゃん（母のこと）にそっくりで、いろんなことを思い出したわー」と、とても楽しそうだった。

ああ、よかった。こういうのがいちばん嬉しい。

テレビはとってもよかった。濱田英明さんの映像は、世界に対して誠実だな。

時間の流れ、風が吹いたとき、光が当たったときの心の動き……目に見えないものまで、すべてが的確に映っている。

濱田さんが撮ってくれたから当然なのかもしれないけれど、『日めくりだより』の紙の世界がにょきっと立ち上がり、触れるようになったような。

風は風、水は水、光は光、枝豆は枝豆、私は私。それぞれが肌触りと温度を持って、「生きている」感じ。すごいなあ。

ナレーターの声も言葉も、かすかに聞こえる音楽も、編集も、映像に寄り添って無理がない。

制作スタッフのみなさん、ありがとうございました。

今回は関西だけだったけれど、再放送されるときには、同じ時間に全国で見られるようになるといいな。

屋上での撮影のとき、エンドレスでカメラを構えていた濱田さんが、「あ――、めっちゃいいのが撮れた!!」と叫んだことを思い出した。

濱田さんは撮っている最中、レンズをのぞきながら何かいいものを発散している。それが空気を動かし、私にも届く。だから、撮られていることが楽しくなる。

次の撮影も楽しみだな。

午後からは、きのうの続きで現金出納帳の記入など、税理士さんに教わった書類の書き直し。

今、ツクツクボウシが、忘れものを思い出したみたいに鳴いている。

そういえばこのごろは、ツバメも二羽くらいしか見なくなった。みなぶじに、南に渡っていったんだろうか。

夜ごはんは、カレイの干物のフライパン焼き（ムニエルみたいに焼いてみた。焼きトマト添え）、白和え（干し椎茸の含め煮、ゆで小松菜、みょうが）、ふわふわ納豆（卵白、ねぎ）、即席味噌汁（お椀にかつお節、味噌、乾燥ワカメ、刻んだみょうがを入れて熱湯を注いだ）、ご飯。

九月二十二日（水）

ぼんやりした晴れ、のち雨

五時五十分くらいに起き、カーテンを開けたら、ちょうど山の上から太陽が昇ってきた。

ひさしぶりの陽の出。ベッドの上に立ち上がって見る。

また寝そべり、明るくなっていく空を見ていた。ラジオを聞きながら。

うんと遠くの方でツバメが二羽飛びまわっているのが、黒い点のように見える。絡まったりしながら、遊んでいる。遊んでないで、早く南に渡った方がいいんじゃないか？

ゆうべは、満月がものすごかった。きれいなんてもんじゃない。目がくらみそうに眩しく、あんまり光っているので、雲がかかっても普通に見えた。月の後ろで雲が流れているみたいだった。

中秋の名月というのは、いつも満月というわけではないのに、ゆうべはちょうど重なった。八年ぶりとのこと。月もものすごいのだけど、移り変わる雲がまた美しく、ベッドに寝そべったまま二時間近く見とれていた。

ラジオでは、ベートーベンのピアノ曲が延々とかかっていて、それもとてもよかった。

いちばんリラックスできるベッドの上で、観客は私ひとり。大掛かりなスペクタクル・ショーを見ているみたいだった。

今日は、曇りというほどではないけれど、のんびりした感じの晴れ。朝はあんなに晴れ渡っていたのに。

遠くでツクツクボウシが鳴いている。

そういえばきのう、ひさしぶりに坂を下りたら（『帰ってきた日々ごはん⑩』の初校をコンビニに出しにいった）、ほんのり金木犀の匂いがしていた。風は涼しく、リュックがパンパンだったわりには（「コープさん」で買い物をしたので）、帰りの坂道もけっこう楽に上れた。

さあ今日は、何をしようか。

お昼ごはんに、*ノブさんが送ってくださった手打ちうどんをゆでた。おだしをしっかりめにとって、干し椎茸の含め煮の煮汁と、蒸し鶏の蒸し汁も入れた。みりんと醤油のコクのあるつけ汁。しめじと焼き茄子も加えてみた。冷たい水できりっとしめたおうどんに、熱いつけ汁がおいしくて、食べ過ぎた。

夕方、音を立てて雨が降ってきた。

窓の外はまっ白。

地面が匂い立っている。

夜ごはんは、焼き肉（牛ランプ肉、大根おろし、青ねぎ、ポン酢醤油、七味唐辛子のタレ。島るり子さんの黒い耐熱皿でお肉を焼き、食べ終わってから、同じお皿にごま油を足して茄子を焼いた）、ご飯。

＊手打ちうどんのワークショップをしている一井伸行さん。奈良県在住

九月二十六日（日）
曇り一時雨

六時半に起きた。

今朝は曇り空。それでも洗濯をする。シミが気になる白いものは、漂白剤に浸けおきしながら。

きのうとは打って変わって、なんだか肌寒い。ワンピースの下にペチパンツと長くつ下をはいた。曇っているけれど、どんよりではない。

海から山からさやさやと、やさしい風が吹いてくる。

きのうは台所道具の撮影だった。宮下さんと、はじめてお世話になる編集者の水《み》嶋《ず》《しま》さん、このごろ何度も撮影してくださっているわたなべよしこさんと。

よしこさんは、ページとは関係のない写真もたくさん撮っていた。撮りたくて仕方がないという感じで。

終わって、撮影した料理を窓辺で食べているときにも。帰り際、暗くなってからも玄関で。カメラっ子みたいなこういうしつこい人、私は大好き。

蒸し暑く、なんだか夏が戻ってきたみたいな日だったな。

撮影は二時半からだったので、ぎりぎりまで「毎日のことこと」を書いていた。

原稿はいいところまできている気がする。

今日は涼しいので、窓辺でお裁縫。

今縫っているのは、使い込んだバスタオルの縁かがり。ほつれたところをバイヤステープで包み、縫いつけている。肌触りがよく、心が落ち着く。

あ、雨が降ってきた。

夕方、ゴミを出しにいったら、霧のような雨。

そして日暮れどき、東の空に虹が出た。

明日はスイセイの手術。

どうか、お守りください。

夜ごはんは、ささ身のハーブパン粉焼き、蒸し小松菜（手作りマヨネーズ）、具だくさん豚汁（おとといの残りに、牛乳を加えた）、ご飯はなし。

ホームページ「落合郁雄工作所」の〝野の編日誌〟を読んでいる方は、すでにご存知かと思いますが、スイセイはこのたび、手術のために九月二十四日から入院をしています。

九月二十七日（月）

晴れ

五時四十五分に起きた。

陽の出は、猫森の木々の隙間から。

木の葉が揺れ、橙色の光がチカチカとたなびいていた。太陽が顔を出したとき、堂々として立派だったから、スイセイは守られているな、と思った。

小鳥たちのさえずりと澄んだ風。

今朝の『古楽の楽しみ』は、関根敏子さんだ。

めずらしく、ベッドの上でコーヒーを飲んだ。太陽はもう白く光っている。

さあ、私もそろそろ起き出そう。

今日、スイセイの手術は、朝八時からはじまり、三時間ほどかかるのだそう。

きのう私は、いつ山梨の病院から呼ばれてもいいように、二泊くらいの着替えをリュックに詰めておいた。

ヨーグルトを食べながら窓辺に立つ。いつもより広範囲に海が光っている。風があるのかな、さざ波立っている。

洗濯物を干す。

あ、またツバメが二羽、飛びまわっている。

そういえばこの間、「MORIS」に行ったとき、ツバメのことを聞いてみた。

今日子ちゃんの家の方では、まだたくさん飛びまわっているのだそう。

ちょうど居合わせたお客さんが、「ツバメは、巣立ってからは、葦《あし》が密集しているような川辺に集まって、寝ぐらにしているみたいです。うちは灘《なだ》の方なんですけど、渡りはじめるのは、毎年十月十日くらいやったと思います」と、教えてくださった。

そうか、うちの窓から見えるツバメは、群から離れて川のこちら側に遊びにきている二羽なのかも。

あんまり気持ちのいい風が渡るので、光る海を眺めながら、二階の腰掛けでお裁縫をすることにした。

ツクツクボウシの声が聞こえる。

長くは続かないけれど、しばらくするとまた聞こえてくる。

二時半ごろ、「毎日のことこと」が書き上がった。締め切りはまだ先なのだけど、写真とともにお送りしてしまう。

スイセイの手術は、ぶじに終わっただろうか。

夜ごはんは、カレーライス（いつぞやのを温め直し、モロッコいんげんを加えた）、ゆで卵。
夜、寝る前にりう*にメールをしてみた。
私「病院から何も連絡がないってことは、ぶじに終わったんだろうなと思ってる。りうのところにも、届いてない？」
り「届いてない。私もそう思う。全身麻酔かける、って言ってたし、早くても明日以降だよね。待ってみるよー」

九月二十九日（水）
晴れ

六時五十分に起きた。

陽の出を見逃してしまった。それでも今朝は、海が金色に光った。

これは、夏が過ぎてからはじめてのこと。きっと、昇った太陽が低い角度から当たるせい。秋の知らせだ。

スイセイからはまだ便りがない。

病室から発信しているツイッターのページを、開きっぱなしにして、確認しているのだけど。

一時半から、「週刊朝日」のインタビュー。『自炊。何にしようか』について。

編集の方は、わざわざ東京から来てくださった。神戸にご実家があるのだそう。

三時くらいに終わり、坂のとちゅうまでお見送りした。

風がなく、半分秋で、半分夏みたいだった。

夕方、玄関の扉を閉めようと廊下に出たら、ツバメがたくさん飛びまわっていた。

海の方の空にはいないけれど、山にはいるのだな。

夜ごはんは、パエリヤ（海老、ミニトマト、焼き茄子）、人参の塩もみサラダ。

冬瓜と豚肉の中華風煮込み

豚肩ロース肉（ブロック）300g　冬瓜500g　にんにく1片　生姜2片
八角（バラバラにして）1片　だし昆布4cm角　その他調味料（4人分）

日記では豚バラ肉を使っていますが、豚肩ロース肉のレシピを紹介します。豚肉の煮込みというよりも、肉から出ただしで、ごろごろに切った大きめの冬瓜を煮るという感じの料理。冬瓜はくずれるほど煮るのが好きですが、歯ごたえを残してあっさりと仕上げたい方は、早めに火からおろしてください。黒酢のおかげで、梅干しを加えたようなほどよい酸味。お肉もやわらかくなります。煮汁ごとご飯にかけてもおいしいです。


豚肉は横半分に切って煮込み用の鍋に入れ、酒1/4カップ、生姜、水1リットルを加えて強火にかけます。沸騰してアクが出てきたら火を止め、ていねいにすくいとってください。これで下ゆで完了。

下ゆでした鍋に、トリガラスープの素小さじ1、黒酢、オイスターソース各大さじ2、醤油大さじ1と1/2、きび砂糖大さじ1、八角、包丁の背でつぶしたにんにく、だし昆布を加えて強火にかけます。煮立ったらフタをずらしてのせ、弱火で40分ほどコトコト煮てください。

冬瓜はワタと種をスプーンでくり抜き、皮をむいて大きめの乱切りにしておきます（冬瓜の皮むきは、切り口をまな板の上にふせ、たてに包丁を下ろすように削りとるとうまくいきます）。

豚肉に竹串がすっと入ったら、冬瓜を加え、再びフタをずらしてのせ、アクをすくいながらさらに40分ほど煮ます。冬瓜が色づき、くったりと煮えたらできあがり。

豚肉は食べやすい大きさに切り、昆布もひと口大に切って、煮汁ごと盛りつけます。肌寒い日には、水溶き片栗粉でとろみをつけても温まります。

2021年10月

きのうまでたっぷり遊んだので、
朝から仕事をする。

十月一日（金）
曇りのち晴れ

ごうごうと風が吹いている。

ゆうべもぴゅるるるるーっと鳴っていて、音を聞きながら寝た。

今日から、新しくいただいた「&Premium《プレミアム》」の仕事に向かう。本の紹介文を一〇〇文字ずつ、一冊ごとにこつこつと書く。

書いては直し、直してはまた書く。ようやく三冊書けた。

三時半ごろ、スイセイのツイッターが更新されていた。

生還の知らせ！

ああ、しみじみと嬉しい。ようやく、時間が動き出した。

ひさしぶりに坂を下り、銀行と「MORIS」へ。買い物をして、夜ごはんは今日子ちゃん、ヒロミさんと。

六甲の「愛蓮」で、中華料理を分けっこして食べた。

愛蓮サラダ（海老、焼豚、蒸し鶏入り）、水餃子（四川風のタレ）、牛肉と野菜のガーリック黒こしょう炒め、ネギそば。

どれもこれもおいしかったー。牛肉がとてもやわらかく、野菜もつやつや、ぷりっぷり。脂っこくなくコクがある。中国料理というよりも、どこか異国の風が混ざっているような。これが、神戸の中華なのかな。

昔、ウーロン茶のCMのフードコーディネーターをやっていたころに、上海の高級レストランでよくごちそうになった中華料理にも似ているような。

私は大好き。

十月三日（日）　晴れ

六時少し前に起きた。

陽の出を見ることができた。今朝も、猫森の木々の間から。

朝見たら、スイセイのツイッターがアップされていた。

きのうは、ツイッターの画面をつけっ放しにしておいたのだけど、まったく更新されず、原稿を書きながら何度も見ていた。

手術後は大変だったようだけれど、どうにか順調に恢復《かいふく》している様子。今朝届いた分の時間を調べると、きのうの夕方にアップされた記録がある。

どういうわけだったんだろう。でも、ああ、よかった。きのうは何をやっても手につかず、扇風機や玄関の網戸の埃が気になって掃除をしたりしていた。

そして今日、急に決まったのだけど、ユウトク君の家族が四人でうちに遊びにくることになった。

ノブさんが送ってくれた、手打ちうどんとおつゆを冷凍しておいたから、お昼にゆでてみんなで食べよう。あとはコールスローと、炊き込みご飯（油揚げ、人参、細く切っただし昆布）を作ろう。

お昼ごはんを食べたあと、みんなでてくてく坂を下り、都賀《とが》川へ。

川沿いのゆるやかな坂道を延々と下り、河原につながる石段を下りたとたん、ユウトク君がお猿みたいに「きゃあああ」と叫んだ。ジャンプして、体中で喜びを表していた。

私も靴を脱ぎ、川に入った。

「きゃー、冷たーい！」

ユウトク君は流れの速いところが怖いみたい。

「なおみさん、あっち行こう」、「こんどはあっち」、「あっちの方が水がきれいやで」などと言われるまま、すべらないように気をつけながら、手をつないで水の中をざぶざぶと歩いた。二時間近くそうしていたかも。

ソウリン君はたいして怖がらず、ひとりで歩く。

そのあとで水道筋商店街をみんなで歩き、王子公園駅でお別れ。

阪急電車で六甲に帰ってきて、「いかりスーパー」でお寿司を買った。

夜ごはんは、のり巻き(サーモン、胡瓜、太巻き)&いなり寿司、味噌汁(油揚げ、ワカメ)。

食べ終わったころに、今日子ちゃんからメールが届いた。

今夜は、七時発の「さんふらわあ号」で、ヒロミさんと大分へ行く日なのだそう。

デラックス・ルームをひとまわりし、撮影した動画も届く。

すごい! ホテルみたい。

プライベートデッキにはテーブルと椅子、バスルームには小さな窓もあり、海が見えるようになっている。

そのあと私は、「さんふらわあ号」がうちの正面を通り過ぎるまで、双眼鏡でずっと見ていた。

船着き場を離れ、ぐるりと方向転換する「さんふらわあ号」。もうまっ暗なのだけど、小さな窓のオレンジ色の灯りが、テンテンテンと見える。

街の灯りの向こうを、じりじりと進む。

船体にある太陽マークは、暗くてまったく見えないけれど、煙突のあたりがボーッと明るく光っている。あの灯りのどこかにふたりがいるんだと思うと、なんだか温かな気持ちが湧いてくる。

デッキから撮った写真を、今日子ちゃんが送ってくれた。

遠くに瞬く陸の夜景に目をこらすと、うちらしきマンションが、山のふもとで白く光っている。

海の向こうからは、あんなふうに見えるんだ！

このところ私は、スイセイのことが心配で内にこもり、煮詰まっていた。だから今日は、ユウトク君の家族と、今日子ちゃん、ヒロミさんに、パーンと開けた広い場所に連れ出してもらえたような日だった。

そして明日は、北野にある「FARMSTAND《ファームスタンド》」の小泉亜由美さんが、お店の野菜を持ってきてくださる。

はじめてお会いするので、どきどきする。

十月六日（水）
曇りのち晴れ

スイセイは今日、退院する予定らしい。それは確実に順調だということ。

ああ、本当によかった。

朝から私は「& Premium」の原稿書き。本の紹介文とは別の、二四〇〇文字くらいの作文。集中してやる。

まだまだ下書きのような状態だけど、半分くらい書けたかもしれない。

「FARMSTAND」の亜由美さんにいただいた野菜が、おいしくておいしくてたまらない。落花生も、イチジクも、四角豆も、オクラも。

椎茸は軸ごと四つに手で裂いたのを、なたね油を薄く塗った鉄のフライパンで焼いた。塩も醤油も何もつけずに食べた。

でも、それればかりではもったいないので、椎茸をたっぷり入れたチャプチェをお昼に作った。昔、韓国の知人に教わった作り方で。

まず、香ばしくいったごまをすり鉢でたっぷりすり、焼き肉のタレを混ぜ合わせておく。肉や野菜を一種類ずつ炒めては、すり鉢に加え、和えていく。牛肉、玉ねぎ、椎茸、パプリカ、ゆでた春雨（水でしめておく）。ニラはゆでてから水気をよく絞って、最後に加えた。

厚切りにし、炒めるというよりは焼きつけた椎茸が、しこしこぷりっぷり。とってもおいしくでき、食べ過ぎた。

夕方、中野さんからメールがあり、明日、画材屋さんの帰りにうちに来ることになった。海が青いから、ビールでも呑もうかと思っていたのだけど、明日までおあずけだ。

作文、もう少し頑張ろう。

夜ごはんは、チャプチェ、ふわふわ納豆（卵白）、酸辣湯（えのき、オクラ、おろし生姜、黄身だけの溶き卵）、ご飯。

十月十一日（月）
曇り

きのうまでたっぷり遊んだので、朝から仕事をする。

このところずっと向かっている、本についての作文の続き。延々と書いていた。

中野さんと過ごした四日間は、夏が戻ってきたみたいな日々だった。秋の太陽は

チャプチェ・ふわふわ納豆・酸辣湯

里芋と春菊の薄味煮・豚の生姜焼き＆茄子とピーマンのオイル焼き・焼きそば

低く、強烈な光が照りつける。その光が夏のように暑いのだ。

大阪の「iTohen《いとへん》」でやっている、川原さんの展覧会にも出かけた。

川原さんは店長の鯵坂《あじさか》さんをはじめ、「iTohen」のみんなにとてもよくしてもらっているみたいで、楽しそうだった。*マメちゃんにも会えた。

まだ明るいうちに帰ってきたのだけど、陽焼けしたみたいにくったりとくたびれていた。

でも、楽しかったな。中野さんともよく呑んで、よく喋った。

今日は打って変わって、太陽が雲に隠れている。暑いことは暑いのだけど、しっとりと落ち着いた空気。

さ、もう少し、作文の続きを書こう。

夜ごはんは、里芋と春菊の薄味煮（中野さんと食べた残り）、豚の生姜焼き&茄子とピーマンのオイル焼き、焼きそば（いつぞやの残り）、スープ（白菜、えのき、豆腐）、ご飯。

お風呂上がりに窓を開けると、東の空に、完璧な形の三日月が。

＊絵描きの友人、マメイケダさん

十月十二日（火）

曇りのち晴れ

六時に起きた。

ラジオをつけ、空を眺めたり、目をつぶったり。

朝のヨーグルトを食べながら、海を見た。今朝の天気はちょっと不思議。水面《みなも》はまっすぐで、空気が静かな色をしている。とてもきれい。

波紋が見えるところだけ、雨が降り注いでいるのかもしれない。晴れと雨が半分ずつある感じ。

玄関の郵便受けをのぞきがてら、外に出てみた。

山側の空は灰色。肌では感じられないくらいの細かな水の粒が、空気中に混じっている。

明日から私は、亜由美さんの案内で、神戸市の農家さんたちを訪ねてまわる。

淡河にある農家民宿「ケハレ」にも一泊するので、簡単な荷物をリュックに支度した。長靴と帽子は忘れずに。

これは、十月の末に開かれるトークイベント、「おいしいを見つける、海と田畑の神戸旅」の勉強のため。

私がゲストで、亜由美さんご夫婦と須磨海岸のステージでお喋りします。会場ではスズキコージさんが、二日間かけてライブペインティングもされるそう。

さあ、作文の続きをやろう。

午後近くなって、晴れてきた。今日も暑いな。

夜ごはんは、ツルムラサキのにんにく炒め、ハムエッグ、スパゲティのサラダ（スパイシーミートソース・スパゲティの残りをハサミで切って、マヨネーズで和えた）、ご飯。

明日は、朝八時半に亜由美さんが車で迎えにきてくださる。

早めに寝よう。

十月十六日（土）　快晴

神戸の農家さんを巡る小さな旅からは、おとといの夕方に帰ってきた。

もう、楽しくて、楽しくて、言葉にするのがもどかしく（気持ちよりも言葉の方が遅いという意味）、日記がちっとも書けない。

きのうはひたすらぼーっとしていた。でも、頭のなかは興奮状態。すごいスピードでぐるぐるぐるぐる。

たぶん私は、何かに出会えたのだと思う。こうしてキーボードを打っていると、指が震えるほど。

今日はこれから、垂水《たるみ》に出かける。神戸の漁業を訪ねる小さな旅だ。

ファーマーズ・マーケットも開かれているので、おとつい出会ったみなさんにまた会える。それが、とても嬉しい。

今朝は六時前に起きた。

目覚めたのはもっと前で、陽の出が六時十五分。なんだか私の方が、太陽よりも先に起き出してしまっている感じ。

垂水へは、六甲道からＪＲだ。八時五十分になったら出かけよう。

十月十七日（日）
晴れ、風強し

今朝はゴーゴーという風のなか、ずっと寝ていた。

思う存分に眠って、十時に起きる。

私は今朝、心の筋肉痛。心惹かれるいろいろな人たちにいっぺんに会って、たくさん刺激を受けたから。

きのうもとても楽しく、書き留めておきたいことがたくさんあるのだけれど、とても追いつかない。

それに、垂水から帰って、釜揚げしらすや白いとうもろこしなどのお土産を、「MORIS」に届けにいったら、江面旨美《えづらよしみ》さんがバッグの展示会をされていて……私はまた興奮し、うちにお誘いしたのだ。

ごはんは何も作れなかったけれど、ヒロミさんと今日子ちゃんと四人で、夜景を眺めながら、六甲のおいしい水（うちの井戸水）で乾杯した。

つまみは、農家さんにいただいたジャンボ落花生（今日子ちゃんにおすそわけしたら、塩ゆでにしたのを持ってきてくれた）。

江面さんは私の部屋をゆっくりと見てまわり、いろいろなところを、小さなことまでほめてくださった。

嬉しかったなあ。

さあ、でも、とにかく今は、作文の続きを本気で進めないと。

窓の外があんまりきれいなので、ときどきちらっと見ながら、延々と書いていた。

木々が大きく揺れるほどの台風みたいな風なのに、海は平らに光っている。空には『天空の城ラピュタ』のような雲が行進し、眩しい光でいっぱい。大風で吹き飛ばされ、何もかもが新しくなっていくような空気。

とちゅう、窓が白くなって、見るとお天気雨！　さわさわと音を立て、シャワーみたいな光の粒が降ってきた。

二階に上って深呼吸し、作文の続き。

夕方、ようやく、いいところまで書けたかも。

まだ五時半なのに、外はもう暗い。海のあちこちで、オレンジの光が灯りはじめている。いつの間にこんなに日が短くなったんだろう。

夜ごはんは、ツルムラサキのにんにく炒め（いつぞやの残り）、スパイシーミートソース（いつぞやの残り）かけご飯。

十月二十日（水）晴れ

朝起きてすぐにカーテンを少しだけ開け、ゆうべの続きの読書。

ツルムラサキのにんにく炒め（いつぞやの）・スパイシーミートソースかけご飯

焼きそばのふわふわオムレツのっけ・オクラとツルムラサキの花芽のだし浸し

本は、ユベール・マンガレリの『しずかに流れるみどりの川』。同じ著者の『おわりの雪』ばかり読んでいたから、とてもひさしぶり。

やっぱり、大好きな世界。本の紹介文を書くために必要にかられて読んだのだけど、ああ、読んでよかった。この世界を少し忘れていた。

ひと泣きして起きた。

今朝もまた金の海。大きなそら豆みたいな雲が縁を光らせ、ゆっくりと流れていく。秋は、光も風も空気も特別だ。

さあ今日も、「& Premium」の本についての原稿に向かおう。

夕方、体を動かしたくなったのと、セロリと牛肉の焼きそばがどうしても食べたくなって、買い物がてら「MORIS」へ。

今日子ちゃんたちに食べていただきたくて、農家さんからいただいた細長い南瓜（バターナッツ南瓜という名前だそう）を持っていった。この南瓜は皮が黄色くて薄く、ひょうたんのような形。セイロで蒸したら、お芋のあんこみたいに甘くて、とってもおいしかったので。

夜ごはんは、焼きそばのふわふわオムレツのっけ（牛コマ切れ肉、セロリ、熊本産の今日子ちゃんのおすすめソース）、オクラとツルムラサキの花芽のだし浸し（いつぞやの）。

近ごろ私はセーターを編みはじめた。

ループを使う輪編みというのがおもしろく、時間を忘れて延々と編んでしまい、気づけば首が、アタタタタ！

お風呂上がり、今夜は満月だ。

十月二十二日（金）　快晴

ゆうべはうすら寒くて、夜中に冬の布団を出した。

六時に起きる。まだ、薄暗い。

今日は、「兵庫県予防医学協会」の検診センターに行く。

市の無料検診に加え、肺と胃と腸のガン検診もオプションで受けることにした。前にスイセイから「みいも、検診を受けられるとええのう」と言われていたし、自分でもずっと気になっていたので。

予約は八時十五分。王子公園駅から歩いて十分。はじめてのところなので、早めに家を出よう。

水は飲んでいないし、朝ごはんも食べていない。

なんか、すっきり。空もきりっと晴れ渡っている。

太陽の真下の海も金。朝の空気は気持ちがいいな。

七時十五分。では、行ってきます。

いろいろな用事をすませ、夕方に帰ってきた。

検診では、骨密度や貧血についても調べてもらった。結果は二週間後に分かるらしい。

血液検査の結果、私はちょっとコレステロール値が高いとのこと。善玉コレステロールの値が高いので、それほど心配することはないそうだけど。

食生活、ちょっとだけ気をつけようかな。

夜ごはんは、秋刀魚《さんま》（大根おろし、スダチ）、バターナッツ南瓜の煮物、白菜と豚肉のすまし汁（セロリの葉）、ご飯。

十月二十三日（土）
晴れたり曇ったり

ゆうべはぐっすり眠った。

なんだか、無意識の泥沼に浸っている感じだった。

自分の意志ではどうにもできない大きなものに（それも自分なのだけど）、何もかも任せ、安心して抱かれている感じ。

きっと、胃ガンの検診でバリウムを飲んだり、待ち時間によく歩いたり、終わってからもあちこち買い物をしたりして、くたびれたんだと思う。

今日は、急に明るくなったり、暗くなったりのとても不思議な天気。雲は厚いのだけど、風で流され、そのたびに強烈な太陽が顔を出す。

夕方から、中野さんがいらっしゃる。明日がお誕生日なので。

それまで、『帰ってきた日々ごはん⑩』の校正をがんばろう。

近ごろ私は、なんとなくせわしない。原稿もいくつか抱えているし、自分のすぐ後ろに追っ手がいるような。ちょっと嬉しく、ありがたい忙しさ。

それでも遊ぶときには、しっかり遊ぼうと思う。

夜ごはんは、白菜と人参の塩もみサラダ（青いレモンの果汁、ディル）、鹿肉のソーセージ（丹波篠山で猟師をしてらっしゃる「カーリマン」さんの。垂水のマーケットで買った）＆マッシュポテト、ビール。

十月二十七日（水）
ぼんやりした晴れ

ぐっすり眠って、夢もいろいろなのをみて七時に起きた。外は、もう明るい。

今朝の海は、水平線がぽってりとした霧に覆われている。太陽の真下の金色のところにも霧が立ち込め、光が湯気のよう。湯気はそのまま空とつながっている。

二十四日の中野さんの誕生日会は、土鍋を出して、牛と豚のしゃぶしゃぶにした。先にお肉をしっかり食べ、だしの出たスープでお豆腐、椎茸、えのき、大根（大きめに切り、肉よりも先に煮はじめた）、水菜、白菜。タレはポン酢醤油とごまみそ（にんにく、豆板醤、みりん、ごま油）、薬味は大根おろし、もみじおろし、ねぎ。お肉ももちろんなのだけど、だしの出たスープでしゃぶしゃぶした煮えばなの野菜が、たまらなくおいしかった。

翌日のお昼の雑炊（中野さん作、セロリの葉が刻み入れてあった）も、塩味だけでとてもおいしかった。

その日は雨降りで、私は『帰ってきた日々ごはん⑩』の校正に向かい、中野さんは二階で絵を描いていた。ふたりとも夕方まで集中し、夕暮れのビール。

きのうは、お見送りがてら十時ごろに三宮へ行き、中野さんは家族のお土産のきんつばを、私は毛糸を買って帰ってきた。駅の近くに、輸入毛糸のいいお店をみつけた！

帰ってからは、また仕事。『帰ってきた日々ごはん⑩』の「おまけレシピ」の試作もした。

今日もまた、試作をしながら朝から仕事。

「おまけレシピ」と、「毎日のことこと」を書きはじめた。

須磨海岸でのトークイベントの前に、いいところまで進めておかないと。

それに、三十日には焚き火料理人の方が、鹿（猟師の「カーリマン」さんが仕留めた）を焼いたり、神戸で捕れた魚を焼いたり、パエリヤも炊くそうなので、見にいけるかどうかは私のがんばり次第。

日暮れどき、二階の窓を開けて深呼吸。

秋は、香ばしいいい匂いがするな。

対岸の山の上には、今朝の海面の霧がそのまま上ってできたような、茜色の雲がたなびいている。

静かな夕方。

そういえばこの間、健康診断に出かけた朝、登校中の中学生たち大勢とすれ違いながらバス通りの坂を下りていったら、六甲駅の歩道橋の上に、金色に光る海が見えた。

六甲に住んで六年目、はじめて見る光景だった。

夜ごはんは、蓮根つくね、釜揚げうどん（ノブさんの手打ちうどん、おろし生姜、ねぎ）。

スパイシーミートソースかけご飯

合いびき肉150g　トマトの水煮（カットタイプ）1缶　にんにく1片
玉ねぎ（小）1個　コンソメスープの素＊1/2個　パプリカパウダー大さじ1
コリアンダーシード小さじ1　クミンシード・キャラウェイシード各小さじ1/2
ナツメグ小さじ1/3　チリペッパー適量　ご飯茶わん2杯　目玉焼き2枚
その他調味料（2人分）

パプリカパウダーを基本にいろいろなスパイスを加えた、ちょっと辛くて甘酸っぱいこのミートソースは、ハンガリーやルーマニアのイメージ。パスタにはもちろん、炊きたてのご飯にかけ、半熟の目玉焼きをくずしながら食べてみてください。チリペッパーの量をひかえれば、子どもたちにも喜ばれそうなご飯です。


にんにくと玉ねぎはみじん切りにします。スパイス類は小さな器にすべて合わせておきます。

フライパンにオリーブオイル大さじ2とにんにくを入れ、強火にかけて炒めます。香りが立ったら玉ねぎも加え、油をよくからませてから、中弱火にして玉ねぎの色が変わるまで炒め合わせます。

ひき肉を加えて炒め、ぽろぽろになる直前にスパイスを加えてざっと炒め合わせ、塩小さじ1/2と粗びき黒こしょうもふり混ぜます。

トマトの水煮と刻んだコンソメスープの素を加え、木べらで混ぜながら弱火でしばらく煮詰めます。

ぽってりとしたら、仕上げにケチャップ大さじ1、バター15g、はちみつ小さじ1強を加え混ぜ、スパイシーミートソースの完成。

平皿にご飯をよそってスパイシーミートソースをかけ、目玉焼きをのせてください。
＊「マギーブイヨン」1個4gを使っています。

ひとりの心の巣に戻っていく感じ。

2021年11月

十一月一日（月）
快晴

八時に起きた。わざと寝坊した。

たっぷり眠って、きのうの疲れはちっとも残っていない。

今朝はなんだか小鳥たちが賑やかだ。

須磨海岸でのイベント「FARM to FORK《ファームトゥーフォーク》 2021」が、きのうで終わった。

三十日には砂浜に腰掛け、きらきらと光る青い海を背景に、コージさんの絵が少しずつできていくのを見ていた。コージさんは筆を使わずに、ずっと指で描いていて、まるで指先から黒い絵の具が出て、絵がにゅるにゅると生まれてくるみたいだった。

ときどき、焚き火料理を見学にいっては、焼けていく鹿肉を煙に巻かれながら眺め、ファーマーズ・マーケットをのぞきにいき、クラフトビールを買って、またコージさんのところに戻ってきた。

そこにいると、いろいろな人たちがやってきて、とてもひさしぶりの人に会えたり、ひさしぶりではないけれど、会いたかった人に会えたりもした。

みんなマスクをしているから、すぐには分からなくて。私ははじめ、少し離れたところに座っていたのだけど、誰なのかが分かると、だんだん近寄っていったり。

コージさんの絵の脇の、日陰になった砂の上で、焚き火料理をみんなで食べた時間もとてもよかった。

なんだか、憧れの気持ちで遠くから眺めていた旅まわりのサーカスの一団が、「なおみさんも一緒にどうぞ」と、招き入れてくれたみたいだった。

私は少し緊張しながら、でも砂浜にいるのが心地よくて、とちゅうからは靴を脱いで裸足になった。

海辺の時間とともにある、コージさんの大きな絵。じわじわとときが移り、そこに集まるいろいろな様子の人たち。私はちょっとぼうっとしながら、ぽっかりとした時間のなかにい続け、けっきょく夕暮れを見てから帰ってきた。

そしてきのうは、朝から雨が降っていて、どうなるのだろう……と思っていたのだけれど、須磨駅に着くころには晴れ間が出てきた。

私のトークは十時半からで、亜由美さんにリードされながら、ちっとも緊張せずにお喋りできた。とちゅうで雨が降ってきて、亜由美さんと相合い傘になったり、泊めていただいた淡河の農家民宿「ケハレ」の幸江《ゆきえ》ちゃんが、トークに加わってくれたり。

　お客さんたちも、傘をさしながらみなこちらをじっと見て、ときどきうなずいたり微笑んだり。おかげで私は、どんどん楽しくなっていった。

　はじまる前までは、大きな海の前でトークをするなんて……こんなに景色のいいところで、私はいったい何を喋ればいいんだろうと不安だったのだけど。

　砂浜でのトークは、言葉が口から放たれたとたんに、その場で蒸発し、空や海や風、その場にいる人たちと混ざり合っていくような感じがした。

　中野さんのお姉さんの家族も見にきてくれて、階段の端の方に、ソウリン君のピーナッツみたいな小さな顔がずっと見えていて。ユウトク君は海で遊んでいた（浅蜊を獲っていたらしい）。

　トークが終わってからは、お姉さんたちとずっと一緒にいた。揚げたてのポテトチップス（須磨の海苔をちぎって混ぜてあった）を買って食べたり、ワインやビールを呑んだり（お義兄さんと私だけ）、ユウトク君、ソウリン君と裸足になって波をまたいで遊んだり。

　そのあと、お天気雨が降ってきた。楽団が演奏しながら向こうの方からやってきて、ちりぢりになっていた人々も自然に集まり、コージさんはお面をかぶって、絵の前でくり広げられたフィナーレ。東の空には虹まで出ていた。

そんな、日々だった。

今朝は「& Premium」の最終校正をし、お戻ししたところ。

ようやく日記が書けたので、今日は「毎日のことこと」の続きと、試作をしながら「おまけレシピ」を書こうと思う。

夜ごはんは、ハモの照り焼き（焼き椎茸添え）、若採り山東菜とじゃこのサッと炒め、焼き茄子の味噌汁、新米（中野さんが送ってくださった）の予定。

十一月四日（木）晴れ

ぐっすり眠って六時に起きた。

ひさしぶりに陽の出が見られた。ずいぶん海の方に近寄ったんだな。

すっきりとした青空。雲もまっ白。

きのうにひき続き、朝から「おまけレシピ」を書いている。ゆうべのうちに試作をしておいたので、どんどん言葉が出てくる。

二時には仕上げ、六カ月分のレシピをアノニマの村上さんにお送りした。

続いて「あとがき」に向かう。

夕方、いいところまで書けたかも。

そして今日から、カラスの集会がはじまった！

茜色の雲の連なりは、まるで山脈みたい。

夜ごはんは、トマト鍋の〆のオムライス（残ったスープでトマト味の雑炊を作り、溶き卵をまわしかけ、フタをして半熟に）。

十一月七日（日）　快晴

まだ薄暗いうちからカーテンを開け、もうひと眠り。陽が昇って、太陽の光を浴びてから起きた。

今朝の海も金の鏡だ。

きのうは、テレビの打ち合わせを兼ね、ディレクターおふたりと三宮のファーマーズ・マーケットに行ってきた。この秋に出会った、そして先週、須磨海岸でもお会いしたばかりの亜由美さん、小泉さん[*]、農家さんたちにまた会えた。

肉厚の椎茸、香菜、ビーツ、リーキを買った。私は月曜日から北九州（朱実ちゃん[◇]と樹君[♧]のところ）に行くので、今日子ちゃんとヒロミさんへのお土産だ。

そのあと、北野坂にある「FARMSTAND」まで歩いていって、おいしいランチを食べながら打ち合わせ。

食後には、「FARMSTAND」で買ったイチジクも食べた。ぎゅっと詰まった時間だった。

さて、今日は「気ぬけごはん」の続きを書こう。

そうだ。きのう、家に帰ってきたら、村上さんから『帰ってきた 日々ごはん⑩』のカバーと大扉のデザインが届いていた。

たまらなく好きな絵だった。この巻の内容にも合っているし、なんだか表紙が日向、裏表紙は日影のよう。

生と死、現実と夢、私の現在と過去……みたいな感じもする。それらが対になって、混ざり合っている。デザインしてくれたスイセイは凄いな。目と感覚が冴え渡っているな。

『帰ってきた 日々ごはん⑩』は、このまま順調に進めば来年の一月に発売だそうです。

＊「神戸Ｒ不動産」代表。亜由美さんのパートナー
◇絵描きで絵本作家の友人、山福朱実さん
♧ギタリストの末森樹さん。朱実さんのパートナー

どうかみなさん、楽しみにしていてください。

さあ！　「気ぬけごはん」をやってしまおう。

夜ごはんは、麻婆茄子（皮をむいた茄子、牛コマ切れ肉）、茄子の皮の即席しば漬け、味噌汁（大根、ワカメ）、ご飯。

十一月十四日（日）
ぼんやりした晴れ

北九州からはきのうの夕方に帰ってきた。

五泊六日の朱実ちゃん、樹君、緑さん（朱実ちゃんのお母さん）と過ごした日々。楽しいことがいっぱいあった。中野さんはうちに一泊し、今朝帰った。

私は、きのうからなんとなくのどがいがらっぽく、ゆうべ寝ているうちに完全に風邪っぴきとなる。それで、午後三時からのお打ち合わせを、キャンセルさせていただいた。申しわけない。

朝ごはんのおうどん（生姜をたっぷりすりおろし、薄いあんかけにした）を食べ、寝ていたら熱が出てきた。深くは眠れないし（たぶん興奮しているんだと思う）、ま

麻婆茄子・茄子の皮の即席しば漬け・味噌汁

味噌おじや

だ微熱なので、ベッドの上で編み物をして、また寝た。

起きたら、暮れかかる水色の空のまん中に、白い月。そのうちカラスの集会がはじまった。

熱は三十八度二分。

さ、ごはんを食べたらさっさと寝よう。

北九州での日々のことは、一日だけ日記をメモしておいたので、元気になったらここに書こう。

このたびは、猫たちとも仲良くなれた。タヌちゃんとプリン。かわいかったなあ。まだ、ぬくもりが残っている。

ひとつだけお知らせです。

関西のNHKで放送された『高山なおみの神戸だより 海の見える小さな台所から〝六度めの夏〟』が、BSで全国放送されるそうです。

どうぞみなさん、ご覧になってください。

夜ごはんは、味噌おじや（ボイル帆立、リークの青いところも刻んで加えた、溶き卵）。

十一月十六日（火）
晴れ

七時半に起きた。

熱は、三十五度六分。平熱に戻った。

まだ咳が出たり、タンが絡んだりするけれど、歯医者さんを予約しているので出かけよう。

もしかしたら、口を開け続けているのが辛いかもしれないし、先生に風邪をうつしてしまったら大変だから、受付で聞いてみて、無理そうだったら「コープさん」で買い物だけして帰ってこようと思う。

青い海を見ながら、ゆらゆらと坂を下りた。

あちこちもうすっかり紅葉している。黄色、黄土色、緑がかった黄土色、赤、赤茶……。

秋の香ばしい、いい匂いがする。

歩いている人は誰もいない。

受付では、「鼻で息をするのが苦しいようでしたら、遠慮なさらずにおっしゃってくださいね」と、やさしく言われた。

歯石の除去をしてもらっているうちに、なんだか元気になってきた。

それで、そのままバスに乗って「FARMSTAND」へ。ディルの苗をくださった聖子《しょうこ》ちゃんが、液体肥料を持ってお店に来ているそうなので。

けっきょく亜由美さんとおいしいランチを食べ、野菜もいろいろ買って、ワインまで買って、海までドライブして、車で送っていただいた。

ちょっと荒療法だったけど、行ってきてよかった。海を見たら、風邪が退散してくれたみたい。

帰ってすぐに、ビーツとじゃが芋を丸ごとゆで、夜ごはんの支度。

今日のカラスの集会は、これまででいちばん数が多いような気がする。ウワ――――ッとすごい数が飛んできたので、急いで二階に駆け上がるも、窓の上を通り過ぎてしまったあとだった。

夜ごはんは、「FARMSTAND」で買ってきた野菜いろいろで。ケールのじゃこ炒め、椎茸の焼いただけ、サフラン風味のご飯（冷やごはんをサフランピラフミックス・スパイスで炒めた）、トマトとビーツのスープ（ソーセージ、椎茸、ディル）。

ケールは栄養のあるキャベツという感じで、気軽に使えそう。こんど、焼きそばを作ってみよう。

十一月十七日（水）

晴れ

六時過ぎに起きた。

カーテンを開けると、朝焼けの空。

水色と橙色のグラデーションがきれいで、明るくなるまで眺めていた。窓を開けて。ラジオからはバッハのコラール。

そのうちに陽の出。

大きなみかん色の太陽。なんか、ジューシー（半透明なので）。そのまま光を浴び、ニュースを聞いてから起きた。

ひさしぶりにあちこち掃除。絨毯も出してきて、冬仕様にした。

さ、今日からまた『帰ってきた 日々ごはん⑩』に向かおう。まず、「おまけレシピ」の校正。

ぽかぽかと暖かい。小春日和というよりも、春みたい。

海も街も白く霞《かす》んで、空との境目がない。ぽわーんとした日。

まだ少しタンが絡まったりするけれど、私は風邪が治ったのだな。

いつもだったらすぐに病院に行って、薬で治してしまうのだけど、熱が出たのは日曜日だったたし、締め切り仕事もなかったので、消化のいいおじやを食べたり、はちみつ湯を飲んだりしてひたすら寝ていた。

体というのは、予測不可能だとつねづね思っているのだけど、このたびはなんだか治り方がゆるやかで、心当たりのある恢復《かいふく》の仕方だった。

今日は、「おまけレシピ」と「あとがき」の校正を終わらせ、現金出納帳の記入をした。九月の後半から休んでいたので、かなりひさしぶり。ひとまず九月いっぱいまで記入し、パソコンの入力も終えた。明日は十月分をやるつもり。

夜ごはんは、麻婆茄子焼きそば、ほうれん草のじゃこ炒め。

ではここで、北九州の朱実ちゃんの家での日記を書きます。

十一月十日（水）

ゆうべは夜中に、ゴ――――ッ、ガ――――――ッという聞いたことのない音がして、地響きなのかな？　と寝ぼけながら聞いていた。

電車が通り過ぎていくみたいな音。

でも、ちっとも怖くはなく、音に抱かれているような安心感。どうやら、雨だったみたい。

朝、コーヒーの匂いがしたので起きた。

下に下りると、樹君がキノコを炒めていた。コーヒーはフィルターにセットしてある。

「冷めちゃうから、みんなが起きてきてからいれようと思って」と、朱実ちゃん。

ここにやってきてから、急に冬になったように寒い。

そしてこの家は、風通しをよくするためにあちこち窓を開け、網戸にしてある。

私はスパッツをはき、くつ下を二重に、首にはマフラー。

ずっと家にいるので、なんとなく山小屋にいるみたいな気持ちになる。

そして毎日、とても不思議な天気。

長いこと雨が降っていたかと思うと、パーッと光が差し、お天気雨になって、青空が広がり、そのうちまた暗くなる。

雨上がりの夕方、スーパーに買い出しにいった日には、教会の脇から大きな虹の柱が立った。

反対側の空は赤茶色に染まり、どす黒い雲がうごめいていて、「怪獣が出てきそうな空」と朱実ちゃんが言った。

そのあと、私たちがスーパーに入っている間に、この世の終わりみたいな大雨が降ったのだそう（留守番をしていた中野さんが言っていた）。

月球儀（地球儀ではない）をはじめて見たのだけど、おもしろいな。月も地球と同じように、海や入り江、土地の名前がついている。

紙に書き出してみた。

湿りの海、雨の海、静かの海、氷の海、知られた海、雲の海、危難の海、泡の海、ゆたかの海、露の入り江。

イサーク、バロキワス、ヘリゴニウス、ケーニヒ、ファリエ……というのは、土地を発見した人の名前だろうか。

今日は、午後から中野さんが先頭に立ち、台所の壁を四角くくり抜いている。

しばらく見学し、私はプリン（猫）と二階でお昼寝。

のこぎりの音や、板を打ちつける音が下から聞こえてくる。なんか、落ち着く。

朱実ちゃんの本棚にあった、『ソーニャのめんどり』という絵本がとてもいい。

四時半くらいに、くり抜けた。

すごい！　窓ができた。

そのあとで、順番にお風呂。私は夜ごはんの支度。

今夜は、緑さんの主治医のゼチと、奥さんのマリリンがいらっしゃるので、気合いを入れて作った。

夜ごはんは、ゴボウのサラダ（すりごまたっぷり、マヨネーズ、ねり辛子、粒マスタード）、アドボ風手羽元の煮込み（八角、生姜、にんにく、ゆで卵）。長火鉢の炭で焼きながら食べたもの↓蓮根、ささ身の焼き鳥（樹君担当）、ウインナーの串差し、ラム肉のカバブ（にんにくと玉ねぎのすりおろし、ちぎったローリエ、山椒、チリパウダー、クミンシード、コリアンダー、一味唐辛子）。ラム肉は小さく切らずに、長いまま金串にくねくねと差したのが、なんだか本格的だった。

十一月十八日（木）
曇りのち晴れ

今朝の太陽もでっかく、果物みたいだった。

陽の出は見えたのだけど、昇ってすぐに雲に隠れてしまった。

お風呂から上がったら、厚い雲に覆われて床が冷たく、急に冬になったみたいだった。

朝ごはんを食べ終わるころに晴れ間が出てきた。太陽が顔を出すと、とたんに暖かくなる。

今日は三時から「HERS《ハーズ》」という雑誌のお打ち合わせ。

『日めくりだより』でお世話になった編集の鈴木さんがいらして、東京の編集者さんと「Zoom《ズーム》」で打ち合わせだ。

それまでに、現金出納帳をつけてしまおう。

夜ごはんは、鰯の塩焼き（オリーブオイルはかけなかったけれど、ポルトガル風のつもり）、トマトとビーツのスープ（ケールを加えた。ヨーグルトの脂肪が固まったクリーミーな部分をトッピング、ディル）、白パン。

十一月十九日（金）
晴れ

七時半に起きた。

寝坊した。

朝からベッドの上で編み物。樹君にプレゼントするベストを編んでいる。〝羊飼いのベスト〟だ。

寝室の網戸のやぶれが気になり、管理人さんに伝えにいくと、脚立とバケツを持ってすぐに来てくださった。一階の網戸のやぶれも伝える。

私はというと、同じマンションの上の階の方からいただいた、クローゼットのひき出しをすべて出して、雑巾がけ。ネジのゆるんでいるところを締め直したり、木目にオイルを塗り込んだり。

この間、朱実ちゃんの家で大工仕事をしていたときの、中野さんの手つきを思い出しながらていねいにやった。

管理人さんが、階段の踊り場まで運んでくださった。とてもよく似合う。

網戸の方は、なかなか苦戦していらっしゃる。とくに二階の窓のは、コーキングで直接貼りつけてあったらしく、三十分くらいかかってようやくはずれた。今の季節は蚊がいないし、蜂も入ってこないから、網戸はまた来年の春につけていただくことになった。

あちこち掃除機をかけ、絵や置物の配置も替え、きのうの続きの現金出納帳。パソコンの表計算ソフトにも入力した。

夕暮れになり、カラスの集会。

そして、月食がはじまった。

暗い月。右下が細く白く輝いている。網戸がなくなったのでよく見える。

夜ごはんは、ビーツとじゃが芋のサラダ（サワークリーム、マヨネーズ、ディル）、ケールのミルクスープ、白パン。

七時、月は下の方から光が戻ってきた。

今はお椀みたい。というか、鈴カステラだ。

中野さんも、夕方から家族とちらちら見ていたのだそう。

七時半、今は坊主頭の子どもみたい。ずいぶん満月に近づいてきた。

七時四十分、球体の電気の笠。

暗いなか、木がぬめぬめと動いている。

さ、お風呂に入ってしまおう。

十一月二十一日（日）
晴れのち曇り

このごろはとてもよく眠れる。

そして、おもしろい夢をいろいろみる。目覚めてすぐに反芻《はんすう》すると、とても現実には起こりそうにない内容。

朝から『自炊。何にしようか』のサイン本作り。お昼前に終わり、今ようやくお送りできた。このところパタパタとしていて、ずいぶんお待たせしてしまった。

十二月のはじめに、広島の「READAN DEAT《リーダン・ディート》」という本屋さんで、立花君と*トークをします。

立花君との対談は、『料理=高山なおみ』の刊行以来。いったい、何を話せばいいんだろう。どきどきするので、まだあまり考えないようにしている。

トークショーは三十席。すでに満席だそうですが、オンラインでも参加できるそうです。立花君との対談などめったにないことだと思いますので、ぜひ！

「READAN DEAT」では、『自炊。何にしようか』の写真の展示もあるそうです。

どんな本屋さんなのか、とても楽しみ。

そして当日は、赤澤◇さんや齋藤♧君も駆けつけてくださるとのこと。

本屋さんのまわりも、あちこち散策してみたいな。

広島での小さな旅。とても楽しみだ。

きのうは、『帰ってきた日々ごはん⑩』のアルバムページや扉絵、三校の原稿など一式が届いた。

最後の大詰め。集中して勤《いそ》しもう。

夜ごはんは、味噌ラーメン（セロリ、白菜、ゆで卵）、ブロッコリーサラダ（黒酢ドレッシング）の予定。

十一月二十五日（木）
晴れ

今朝の太陽の下は、金の細い帯だった。
お風呂から上がって戻ってきたら、こんどは金のまん丸い玉ができていた
雲の穴から差す光がそのまま海に映って、スポットライトのよう。
さんざめく海の光。照り返しに目を細めながら見た。

＊デザイナー、アーティストの立花文穂さん
◇料理本の編集者、赤澤かおりさん
♧写真家の齋藤圭吾さん

朝方はずいぶん冷えていたけれど、どんどん暖かくなってきた。

中野さんが来た日は、雨だったのだけど（月曜日。三宮で打ち合わせがあったのだそう）、翌日から急に寒くなり、冬の光がもうひとまわり濃くなった。

帰る前日、中野さんはリビングの壁に貼ってある板に大きな絵を描いた。

朝見ると、朝の景色のように見え、夕方に見ると、夕方の景色に見えるような絵。

きのうは、お見送りがてら六甲道まで歩き、くつ下を買いに住吉まで行ったり、美容院に行ったり。帰ってきてすぐに、宿題もやった。

今日は、午後から「HERS」の取材で、鈴木さんと宮下さんがいらっしゃる。

東京からはじめてのカメラマンさんもいらっしゃる。裏山の紅葉が見事なので、屋上にもご案内するつもり。

さて、どうなることやら。

それまで、集中して宿題の続きを進めよう。

これは、「14歳の世渡り術」シリーズの『生き抜くためのごはんの作り方』の寄稿文。中学生への手紙のようなつもりで書いている。

だからか、このところ私は、自分の子どものころのことをよく思い出す。夢にも出てくる。

あさってからテレビの撮影なので、なんとなくそのための支度もしているみたい。

撮影前の禊《みそぎ》というか、儀式というか、ぴったりくる言葉がないのだけれど……ひとりの心の巣に戻っていく感じ。そしてひとつ、またひとつと、頭のなかに浮かんでくることを、考えたり言葉にしたりせず、そのまま遊ばせている。立花君たちとの料理本の撮影前と同じだ。

「HERS」の取材はぶじに終わり、カメラマンさんにいい写真をたくさん撮っていただいた。

ここで、ひとつお知らせです。

広島の書店「READAN DEAT」のトークイベントでは、『自炊。何にしようか』の制作風景をまとめた動画を流す予定だそう。立花君が撮影、編集をしたショートムービーです。

そして展示会場では、齋藤圭吾君の動画も、iPadで常時流すのだそう。

楽しみだなあ。

夜ごはんは、かき玉うどん（ゆうべの残り）、セロリと牛肉のチャーハン、食後に京都の柿（宮下さんのお土産）。

十一月二十七日（土）
晴れたり曇ったり

今、テレビの撮影をしている。

『高山なおみの神戸だより 海の見える小さな台所から』の続編の撮影中。

濱田さんに、いっぱい撮っていただいている。

めっちゃ楽しい。

ファーマーズ・マーケットの撮影中は、お天気雨が降った。風がとても強く、寒くて。

でも、風がなくなって晴れ間が出ると、ぽかぽかと暖かくて。

晴れたり曇ったりのめまぐるしいお天気。空気は澄み渡り、景色がくっきりと見え、移動中に大きな虹も出た。

夜ごはんは、なし。

ラム肉のカバブ

ラム肉（ステーキ用）230g　にんにく1片　玉ねぎ1/8個　クミンシード大さじ1
コリアンダーシード大さじ1/2　花椒小さじ1/2　韓国産唐辛子（甘口）小さじ1
クミンパウダー・チリパウダー各小さじ1/2　粗びき黒こしょう小さじ1/3
一味唐辛子適量　その他調味料（2人分）

羊肉の串焼きをはじめて食べたのは、青島《ちんたお》の屋台。「ウーロン茶」のCMの仕事で、よく中国に出かけていた20年近く前のことです。ウイグル族の青年の、腕まくりした白いシャツ。炭火に滴り落ちる肉の脂とスパイスが入り混じった、もうもうとした煙。日記ではマリネしたラム肉を金串に刺し、炭火でじっくりと焼いていますが、ここではフライパンで火を通してから、コンロにのせた網でさっと炙るレシピを紹介します。簡単なのに本格的なおいさ。残ったミックススパイスは、乾燥剤を入れた空きビンで保存してください。


クミンシード、コリアンダーシード、花椒はフライパンで軽く炒ってからすり鉢で粗めにすり、チリパウダー、クミンパウダー、韓国産唐辛子、黒こしょう、一味唐辛子を加え混ぜてミックススパイスを作ります。

ラム肉は2cm角に切ってボウルに入れ、塩小さじ1/2、ミックススパイス小さじ1、すりおろしたにんにくと玉ねぎ、ちぎったローリエ1枚、オリーブオイル大さじ1を加えてよくなじませ、30分以上マリネします。

フライパンを強火にかけます。熱くなったら油をひかずにラム肉の半量を隙間を開けながら並べ、いじらずに焼きつけます。焼き目がついたら裏返し、焼けたものがら取り出します。焼きすぎに注意しながら、残りも同様に焼いてください。

熱いうちに金串4本に分けて刺し、中火にかけた焼き網で軽く炙って、香ばしい焦げ目をつけます。

2021年12月

何があっても毎日、毎日、食べ続けるということ。

十二月二日（木）
快晴

陽の出前に起きた。

カーテンを開けると、オレンジと水色のだんだら。まだ暗い空に、三日月が光っている。光っていないところ（地球の影？）も黒く、丸く、くっきりと見える。

だんだんに空が明るんでくると、月は白く細くなっていった。

しばらくして、大きな太陽のお出まし。

雲に隠れていた月がまた現れ、糸のように細くなってからもなお、青い空にとどまっている。

私はベッドに寝たまま、白い月が空に消えていくまで見ていた。ラジオを聞きながら。

朝ごはんを食べ、洗濯物を干して……今は、海のまっ正面がきらっきら。あんまり陽が当たるので、リビングの窓半分のカーテンを二重にした。それでもぽかぽかとして、暑いくらい。

さあ、きのうの続きの「毎日のことこと」を書こう。

三時には書き上げ、さっきお送りしたところ。

太陽が傾くと、とたんに冷え冷えとする。

そういえば、このところ寝る前に読んでいる本がとてもおもしろい。

『植物と叡智の守り人』ロビン・ウォール・キマラー著。ネイティブアメリカンの植物学者の女性のエッセイで、翻訳もとてもいい。

ゆうべ読んでいたのは、オノンダガ族に伝わる「すべてのものに先立つ言葉」。歌のような、お祈りのような感謝の言葉は、地球、水、水の中に住む魚、植物、ベリー、畑の作物、薬草、樹木、動物、鳥、風、雷のおじいさん、お兄さんの太陽と、それぞれにひとことずつ続き、月のおばあさんへ。

「心をひとつにして、夜空を照らす月のおばあさんに感謝します。世界中の女たちを導く月のおばあさんは、潮の満ち引きを起こします。満ち欠けするその顔で時の流れを知らせ、生まれてくる子どもたちを見守ってくれます。たくさんの感謝をひとつに集めて、グランマザーに見えるよう、よろこびとともに夜空に高く投げあげましょう。月のおばあさんに、感謝のことばをささげます。」

この、月のおばあさんのところが、暗唱したいくらいに好きだ。

夜ごはんは、ホッケの干物、白菜の鍋蒸し煮（ちりめんじゃこ、柚子皮）、ワカメ（ポン酢醤油）、納豆（卵、ねぎ、かつお節）、味噌汁（蕪の葉、ワカメ、豆腐、ねぎ）、ご飯。

十二月三日（金）晴れ

六時半に起きた。

今朝の陽の出は燃えるようで、オレンジピンクの強烈な光。部屋の中までオレンジ色に染まった。

私は元気。「毎日のことこと」を書き上げたから。あとは明日、広島へ出かける支度をゆっくりすればいいだけだから。

めずらしくコーヒーをいれて戻ってきて、朝陽を浴びながら、ベッドの上でしばし編み物をした。

山梨で地震のニュース。

スイセイは大丈夫かな。

ホッケの干物・白菜の鍋蒸し煮・味噌汁

ホッケの干物（ゆうべの残り）・鶏のレモン甘酢和え（スーパーの）

そして九時半ごろ、神戸でも揺れた。

和歌山で大きな地震があったらしい。

息災を祈ります。

なんとなく心もとないけれど、午後から私は、携帯電話を新しくするために六甲道と三宮に出かける予定。

夜ごはんは、ホッケの干物（ゆうべの残り）、白菜の鍋蒸し煮（ゆうべの残り）、鶏のレモン甘酢和え（「いかりスーパー」で買った「愛蓮」のお総菜）、スープ（人参、セロリ、ワカメ、溶き卵）、ご飯。

私は今日、スマホデビューをした。小さめで薄い、黒のiPhone。

お風呂から上がって気がついた。

今日は1、2、3の日だ！

明日は広島だから、早く寝なければと思うのだけど、うちにiPhoneがあると思うと、なんかそわそわする。

十二月七日（火）　雨

広島が楽しくて、楽しくて。

たくさんのことがあったのだけど、なんだか日記に書けないや。

でも、ひとつだけ書こう。

齋藤君の動画が、とてつもなかった！

「READAN DEAT」の小部屋に入って、展示された写真を眺め、そのあとiPadの小さな画面の前に立っているうちに、眩しくて、儚《はかな》くて、涙がこぼれた。

六甲の私の家での、ある冬の日から翌年の初冬まで。

齋藤君は、自分が撮った一万枚あまりの写真をつなげただけだと言うのだけれど。

あまりに枚数が多いので、一枚一枚がコマ送りのようになって、動作がつみ重なり、途切れ、またつながったり。

まるで古《いにしえ》の誰かが撮った、無声映画のようだった。

その映画の中には、かつて生きていた人たちが、光に包まれて笑ったり、ものごとに真剣に向かったりしている。

でも、それはもう過去のことで、失われてしまった時間。

けれども、今見ているiPadの画面の向こう、窓の外では車が行き交い、人が歩き、生きている。そしてそこは、かつて原爆が落とされた広島の、相生橋の近くで。

私は「READAN DEAT」に行く前に、当時の情景を目の裏にせり上がらせながら、光が反射する川面をその橋の上から見下ろしたのだ。

齋藤君の動画はいろいろなものごとを、大きく、広く、超えていた。

あんなの、はじめて見た。

人が手を使って料理して、食べること。

何があっても毎日、毎日、食べ続けるということ。

そういう、生きものとしてのどうしようもないところを讃えるような、全人類への人間礼賛みたいなものが映っていた。だから涙が出たんだと思う。

きのうは疲れが出て、三時まで寝ていた。

傷を恢復させる動物みたいに、ひたすら眠った。

今朝からようやく、ここに帰ってきた感じがする。

静かに降り注ぐ雨、窓の外はまっ白。

いつまでもいつまでも。

たまっていたメールのお返事をしたり、「毎日のことこと」の校正をしたり。

午前中に、明石のおじちゃんから、畑の野菜が届いた（趣味でやっているとのこと）。キャベツ、大根、大根の葉、白菜、里芋、さつま芋、赤い皮のじゃが芋。

どれもとても立派。新聞紙で包み直し、玄関の涼しいところに置いた。

りうが送ってくれた蓮根で、お昼にきんぴらも作った。

ほんのりした塩味で、柚子皮入り。フライパンに張りついた焼き目も香ばしく、もちもちとした甘みがとてもおいしい。

おじちゃんの大根葉は、ちりめんじゃこと薄味に炒めた。おいしいな。

私は連日の呑み過ぎで、少しお腹をこわしている。

午後は、『帰ってきた日々ごはん⑩』の最後の校正。

夕暮れどき、外が不思議な色になっていた。青と茜色と紫のグラデーション。

雨に濡れた赤や黄色の葉っぱが、きらめいている。

そしてまた、カラスの集会が今日もはじまった。

ああ、本当に私、六甲に帰ってきたのだな。

夜ごはんは、牛肉とブロッコリーの炒めもの、スープ（いつぞやの残り・人参、セロリ、ワカメ、溶き卵）、ご飯（ゆかりふりかけ）。

十二月十一日（土）
曇りのち晴れ

六時半にスッと起きられた。

カーテンの隙間の薄明かりで、目覚められるようになった。

いつもみたいにラジオを聞きながら、ベッドの上で徐々に目を覚まし、ニュースが終わったころに起き上がった。

今朝は曇り。朝のうちはずっと、「なんでこんなに白いんだろ」というくらいに、窓の外がどこもかしこも白に包まれていた。でも、お昼前から晴れてきた。靄《もや》だったんだろうか。

今日は、淡河の農家民宿「ケハレ」に行く。

合鴨をさばいて食べる、はちみつ農家「うちのにわ」の辰《しん》ちゃんのワークショップだ。

二時に三宮駅の広場で待っていれば、亜由美さんが車で連れていってくださる。

お昼ごはんは、カレー（明石のおじちゃんの大根でカレーを作り、牛肉とブロッコリーの炒めものを加えた。トマトと蒸したブロッコリー入り）&サフランライス。

サフランライス（「うちのにわ」のサフランを使った）がとてもおいしく炊けたの

で、小さいおにぎりにして持っていこうと思う。

夜ごはんは「ケハレ」にて。合鴨鍋（大根、長ねぎ、春菊、チンゲン菜、小蕪の間引き菜、豆腐、餅巾着《もちきんちゃく》、マロニー）、菊芋入りの白和え、古漬けたくあんとじゃこのきんぴら、大根葉の塩麹和え、デザートは古代米の甘酒で作ったブラマンジェ（すべて幸江ちゃん作）。

帰りはバスで、十時過ぎに家に着いた。

ああ、とても楽しかった。

「ケハレ」の幸江ちゃんにいただいた野菜の始末をし、お風呂に入ってすぐに寝る。

十二月十二日（日）
曇り

窓の外はぼんやりとした曇り。

起きたら十時だった。わざと寝坊した。

きのうの「ケハレ」での、合鴨をさばいて食べるワークショップは、とてもいい会だった。

私の体はたぶん、たくさんのことを吸収したんだと思う。あったことのすべてを忘れたくないので、今日は、思い出しながら日記を書こうと思います。苦手な方は、読まないようにお願いします。

辰《しん》ちゃんが生まれたのは奈良の田舎で、家で飼っているニワトリを、子どものころから自分で絞めていたんだそう。

はじめる前に、「僕は、生きてるところからします。僕の合鴨のさばき方は、おいしく食べるやり方です」と挨拶をした。

「まず、お湯を沸かしておきます。鴨の首の頸静脈を切ると、出血多量で亡くなるので、そうしたら熱湯の鍋に浸けて、羽根をむしります」

道具は、よく研いだ刃先の尖った小ぶりの包丁と、赤いお椀だけ（血が入ったとき、みんなをびっくりさせないように、赤にしたのだそう）。

辰ちゃんはまず、雄の鴨からはじめた。

「ごめんな」と言って、鴨の体を左脇にはさんで抱き、左手で首をやさしくつかんで、指で目が隠れるようにした。

右手で首の羽根を少しだけむしり取りながら、「脇をしっかりしめるのは、翼を動かして暴れんためやけど、苦しがるからあんまりぎゅっとし過ぎんようにな。首の羽根をむしるのは、刺す場所を間違わんようにするためと、あとで血も食べるので、血に羽根が入らんようにするためです」

そのあとで、包丁の先を首にそっと刺し、小さな切り目を入れた。

鴨はみじろぎもせず、おとなしくしている。声も出さない。

「鳴かないんですね」と誰かが聞いたら、「鳴かへんねん。目を隠してあげると、じっとしてる。ニワトリもそうや。鴨は、何万キロも飛ぶ渡り鳥やから、しぶといねん。ちょっとやそっとでは、騒がへんねん」

首の切り口に指先をVの字に当て、そこから血がぽつぽつとお椀にしたたり落ちる。ゆっくり、ゆっくり。

「鴨は、気を失ってるんやと思うねん」

辰ちゃんが包丁を入れた頸静脈というのは、頸動脈の上の方にある細い血管なのだそう。頸動脈を切ると、大量の血がいちどに噴き出し、絞める方は楽だけど、辰ちゃんはそうしない。

とちゅうから、生徒さんふたりが手を挙げて、首をひとり、体をひとりが抱えて手伝った。

体を抱えた生徒「心臓がトクトク動いていています。温かいです」

首を持った生徒「あ、痙攣《けいれん》してはる」

辰ちゃん「そうやろ。最期は、体全部が波みたいに痙攣してなあ、それが何回か続いて、静かになって、亡くなるねん」

雄鴨はときどき翼を動かしていた。

私には、飛んでいる夢をみているみたいに見えた。

「亡くなるとな、瞳孔が開くねん」と辰ちゃんが言って、生徒さんたちはのぞき込んでいたけれど、私は怖くて見られなかった。

次は雌の合鴨。

辰ちゃんが抱っこしたとき、雌はアーモンド形のとてもやさしい目をしていた。

また、頸静脈を刺した。

血がお椀をめがけ、ぽた、ぽた、ぽたと滴《したた》り落ちる。

とちゅうから私も、辰ちゃんの格好の真似をして股を開き、脇と、腕と、太ももで抱かせてもらった。

雌鴨は羽根を触ると温かく、大きさも、重さも、ちょうど猫を抱いているみたいだった。

痙攣が波のように連なって、だんだん静かになっていった。

雌鴨はなんだか、眠っているような感じがした。

そのあと熱湯に浸け、取り出して、羽根をむしった。

私も、小学四年生の男の子も手伝った。

熱くなかったので、ゴム手袋はせずに素手でむしった。

きれいな羽根をみつけると、よけておいた。

「ケハレ」の幸江ちゃんが、頭の毛をむしり、くちばしの皮を指でこすってむいてくれた。

頭を半分に割って鴨鍋に入れると、だしが出ておいしいのだそう。

頭の毛がきれいに取れたとき、目の斜め上の方に、針金の先で開けたような小さな穴が開いていた。

「耳や、耳や！　かわいいやろう?」と、辰ちゃんが言った。

羽根をすっかりむしって、裸になった鴨をまな板の上にのせ、こんどは肉の解体。

包丁の先で、もものつけ根の皮に切り込みを入れ、内側から膜のようなものに切り目を入れたら、あとは手で引きちぎるようにする。

「ニワトリと違ってな、鴨のもも肉はあんまり発達してないねん。歩かないからな。手羽も肉がついてないやろ?」

私「ほんとだ。じゃあ、どこを使って飛んでいるんですか?」

辰ちゃん「ここや、ここや、胸肉や」

本当に！　合鴨の胸は、黄色い脂肪のたっぷりついた皮と、赤い肉。

辰ちゃん「ニワトリは肉が白いけど、鴨は赤い筋肉なんや。何万キロも飛ぶ鳥やからな」

もも、ささ身、胸、ボンジリと、すべての肉を体からはがし取り、頭と首、あばら骨に囲まれた内臓だけになったとき、小学生の男の子は真上から顔を近づけ、じっと観察していた。

頭から首にかけて、食道と気管。お腹には心臓、砂肝、レバー、胆のう、卵（雄は精嚢）が、整然と収まっている。

「これをな、ひとつひとつ、あきらかにしていけばいいねん」

あばら骨の内側にペシャッと張りついている、赤ピンク色の網のようなのは肺なんだそう。

空気が入らないと、肺はただの毛細血管の集まりなのだな。

辰ちゃんが雌鴨にかかりきっているので、私は雄の内臓を「あきらかにする」のを手伝った。

手つきをよく見て、真似をしようと思うのだけど、時間がかかりそうなので自分の感覚でやってみた。

膜のようなもの（スジだろうか？）に刃先で切れ目を入れ、ひとつひとつの内臓を手でしっかりとやさしく支え、順にはがし取る。

すべてが「あきらかに」なったら、台所に持っていって、こんどは水で流しながらきれいにする作業。

辰ちゃんは、食道や細い腸にまで包丁を差し込んで、平らに開き、水で洗ってきれいにしていた。

モツ煮込みにするのだそう。

コリッとした大きな玉のような砂肝は、半分に切ると、中に砂がぎっしり詰まっていた。

辰ちゃん「ニワトリもそうやねんけどな、鴨は歯がないから、食べたものをこの砂で細かくして消化すんねん」

私が手伝ったのはここまで。

肉を切り分けるのは、小学生の男の子のお母さんと辰ちゃんがやった。

そのあとで、鴨鍋を食べたのだ。

幸江ちゃんが昆布とにぼしでとった醤油味のだしに、鴨肉の脂が溶け出して、たまらなくおいしいスープになった。

そのスープで煮た葉野菜（白菜、春菊、チンゲン菜、小蕪の間引き菜）も、大きめに切ってよく煮た大根もねぎも、みんな自分たちの畑の野菜。

豆腐や餅巾着やマロニーも、スープを吸ってとてもおいしかった。

でも、肉は三切れ食べただけで、もう私は充分だった。
鴨を絞めているとき、幸江ちゃんも、辰ちゃんの奥さんのむぎちゃんも、農家の奥さんたちはとても落ち着いて、当たり前のように手伝っていてかっこよかった。むぎちゃんが、「ある段階から、（生きていた鴨が）肉になんねんなー」と笑っていた。いつから肉になるのか、聞くのを忘れてしまったけれど……私は鴨が亡くなって、足を持ち上げたら硬くなっていたとき、肉として見はじめた気がする。内臓の始末をしているときには、目の前の内臓と生きていた鴨とのつながりが、バッサリとなくなっていた。はじめから「食べる」と決めていたので、感情を司る機能が働かなくなったんだろうか。

でも、今朝私がどうしても起きられず、十二時間近くも眠ったままだったのは、生きている自分の目や鼻や肌が、生きものを殺して食べるということを理解するのに必要な時間だったんだ。

私は、辰ちゃんが合鴨を抱きながら首に刃先を差し、やさしく傷口に指を添え、血をしたたらせていた姿をずっと忘れないと思う。

あんなふうに絞めればいいのだったら、私にもいつか、できるかもしれないと思ったもの。

辰ちゃんのやさしい絞め方を見せてもらえて、本当によかった。経験の伴った、厚みのある言葉が聞けて、本当に嬉しかった。

合鴨のモツ煮込みは、生姜をきかせてコンニャクと甘辛く煮てあり、兵庫のスジコンの味だった。おいしかったけど、私はほとんど食べられなかった。

行きも帰りも一緒だった枝ちゃん（私の娘くらいに若くて可愛らしい女の子）は、腸も食道もぜんぶ食べたそうで、「コリコリしておいしかったです」と言っていた。

枝ちゃんが帰りのバスの中で、「鴨は、悟っているように見えました」とぽつりと言った。

私もそう思った。あの雌鴨のやさしい目は、そういう目つきだったから。

長くなりました。

ここまで読んでくださった方、ありがとうございました。

今日は、この日記を書いているうちに、一日が終わってしまった。

夜ごはんは、カレーライス（いつぞやの大根カレーに、焼き蓮根と牛乳を加えた）。

十二月十五日（水）
晴れ

六時くらいに目覚めた。

中野さんはもうとっくに起きて、下の窓辺で空を見ている。私はまたベッドに戻り、寝そべったり、起き上がったり。

オレンジ、茜紫、白、水色、青のグラデーション。まだ暗く、夜景が瞬いている。そのあと、すべてが靄で覆われ、飽和状態のようになった。

雲のひとつが茜色に輝きはじめ、じりじりと広がって、太陽が昇った。真下の海は、茜色が混ざった金。

このひと月、中野さんは四時か四時半に起きて、空を見ていたのだそう。だんだんに色が変わっていく空を見ていたら、夕暮れとどこが違うんだろうと思ったんだそう。そういう絵を描いていたとのこと。きのう、そんな話をしていた。

今朝は、三宮で鈴木加奈子ちゃん（絵本の編集者）と打ち合わせがあるので、九時過ぎに出かけた。

私は掃除をしたり、洗濯したり、メールのお返事をしたり。

お昼に「FARMSTAND」で待ち合わせ、一緒にランチを食べるつもり。ちりめんじゃこと椎茸も買いたいし、亜由美さんからは、ワークショップのときの合鴨の羽根をいただける。

十月と十一月は忙しかったけど、こんなにゆったりとした年末が迎えられることが嬉しい。

では、そろそろ出かけよう。

夜ごはんは、チゲ鍋（月曜日に作ったお鍋の残りに、牡蠣、白菜、ニラ、豆腐を加えた。〆はうどん）。

十二月十八日（土）
晴れ

今朝の海は、きらきらちかちか。風もなく、空気が澄んでいる。なんだかとっても静かな日。雨降りの日とはまた違う静けさ。ぽっかりと、ゆうゆうとした元旦みたいな静けさだ。

中野さんはきのうの午前中に帰った。お見送りがてら私も坂を下りて、郵便局と「コープさん」に行ったので、しばらくは出かけなくていい。

チゲ鍋（〆はうどん）

白パンサンド二種・白菜くったりスープ

一緒に過ごしている間、小さな絵を教わりながら描いたのも楽しかった。

あと、屋上に上ってぐるぐると何周も走った。私はすぐに運動不足になるから。

きのうは、樹君が新曲のＣＤ「かもめ」を送ってくれた。「この間、四人で遊んだときの印象も入っていると思います」と、手紙に書いてあった。手編みの〝羊飼いのベスト〟のお礼なのだそう。

今日は窓辺で編み物をしながら、そのＣＤをエンドレスで聞いている。

陽射しが強く、窓を開けていてもぽっかぽか。太陽の当たっているところがじりじりし、髪の毛の中まで暑いくらい。

夜ごはんは、白パンサンド二種（ハム＆白菜サラダ、粒マスタード＆チーズ）、白菜のくったりスープ。

お風呂上がり、月がまん丸。満月は明日だろうか。

今夜は、ひさしぶりに本を読もう。今読んでいるのは、新訳の『ハイジ』。

十二月二十日（月）

晴れ

六時半に起きて、カーテンを開けた。

今年いちばんの寒さ……な気がする。雲が多い。

「今朝の大阪の陽の出は、七時です」と、ラジオで言っている。

空を見ながら、ベッドの上で編み物。雲の上から顔を出したのは、七時十二分。とたんに部屋が暖かくなり、眩しくて、もう編み物はできなくなった。

朝ごはんの前に、台所の大掃除をはじめてしまう。まずはコンロの壁、タイルの壁、流しまわり、冷蔵庫の中は簡単に。

洗濯物を干し終わり、さあ、掃除の続きをやろう。お掃除ソングは、樹君の新しいCD「かもめ」。

海が金色で、眩しくて、窓の方を見ると目がくらむ。

リビングは普通に掃除して、クリスマスの飾りつけをした。

今年はとっても地味。姫白丁花《ひめはくちょうげ》の植木をツリーに見立て、三つだけ飾りをぶら下げたのと、アム*とカトキチが送ってくれた、平沢の双子のモミの木の松ぼっくり。母の祭壇に飾った。

四時くらいに屋上ランニング。夕焼け空を見ながら、二十周。走るのは今日で三日目。三日坊主になりませんように。

夜ごはんは、チャプチェ（椎茸、ほうれん草、蓮根、ニラ、玉ねぎ、牛コマ切れ肉）、ほうれん草のおひたし（柚子の搾り汁、薄口醤油）、メカブ納豆、味噌汁（大根、豆腐）、ご飯。

十二月二十二日（水）

曇り一時晴れ

六時に起きた。

外はまだまっ暗。海も空も黒い。夜景が瞬いている。

コーヒーをいれて戻ってきたら、空に色がつきはじめていた。

上空は青。いちばん下は灰紫、紫、茜、オレンジ、黄色、クリーム色、白、水色、そして青へと続く。

メモをしておこうと思って、ペンを取りに下りて戻ってきたら、さっきとはもう違う。

＊「エゾアムプリン」の友人夫婦。北海道富良野市在住

色が溶け合いながら、明るくなっていく。

そのあとですべてが乳白色に包まれた。

太陽が出て、また雲にもぐって、もういちど出てきたときに、海に映った。金色の太陽がふたつある！

今日は冬至。一年の間で、光の時間がいちばん短い日だ。

台所の大掃除の続き。今日は棚の方をやる。

お昼ごろ、晴れてきた。

窓を開け、棚の上の器をどけて雑巾がけ。ずいぶん埃がたまっていた。午後には台所の床にワックスも塗った。

三時半に、屋上マラソン二十周。

風がとても強く、ぴーぷーと笛のような音。吹き飛ばされそうだったけど、大きな風にもみくちゃにされながら走るのは、とっても気持ちよかった。

夜ごはんは、ロールキャベツ（明石のおじちゃんのキャベツできのう作った）、オムレツ（トマトソース＆チーズ入り）、白菜と春雨のサラダ（ハム、玉ねぎ）、ロールパン。

朱実ちゃんが送ってくれた小粒の柚子を、お風呂に浮かべて入ってみた。

そういえば今日は、お昼に南瓜を丸ごと蒸して食べたっけ。アムたちが送ってくれたじゃが芋の箱に、小さな南瓜がふたつ入っていたから。

十二月二十四日（金）晴れ

六時に起きた。

七時十分くらいに陽の出。

靄のなかから出てきた太陽は、オレンジ色のゼリーのよう。

ひと目見たら、ささっと起きて、お風呂。朝ごはんを食べながら朝ドラ（『カムカムエヴリバディ』）を見た。

るいちゃんが大人になって、道頓堀のクリーニング屋さんで住み込みをしながら働くことになった。

おもしろくなってきたぞー！

今日はこれから中野さんの家へ。クリスマスをご家族と過ごす予定。

お土産に、いつものパン屋さんで白パンをたくさん買った。

このパンに、クリームチーズとバナナをはさんで食べるのが最高なので。

十二月二十八日（火）
曇りのち晴れ

きのうの夕方、六甲に帰ってきた。

中野さんの家はとても寒く、子どものころの冬休みを思い出した。

帰りの神戸電鉄の中も、換気のために窓を少し開けてあってうすら寒く、鈴蘭台ではホームに粉雪が積もっていた。

六甲駅も今にも雪が降り出しそうで、みなコートの衿を立てて足早に歩いていたけれど、うちに帰ってきたら暖かかった。

セントラル・ヒーティングの威力はすごいな（建物自体が暖かい）。

あと、帰ってきたら、柱時計が壊れていた。

ネジを巻いて、傾かないように気をつけても、振り子が自然に止まってしまう。

何度試してみてもだめ。どこかに引っかかっているみたい。ここで六年以上も働き続けてきたのだから、そろそろメンテナンスの時期なのかもしれない。

中野さんの家でのクリスマスは、今年もとっても楽しかった。

お姉さんたちの寝室に泊めてもらっていたので、隣で寝ているユウトク君、ソウリン君と、起き抜けにふざけ合ったり。

夕飯を食べてから、庭にできた小屋（中野さん、お義兄さん、ユウトク君が廃材で建てた。広さは一畳くらいだろうか。膝を抱えれば大人が三人、子どもがふたり、ぎゅうぎゅうで入れる）で星空を眺めたり、ユウトク君と冬休みの宿題をしたり。

ここからは、メモをしておいた三泊分の日記を書きます。

十二月二十四日（金）

新開地駅を九時五十二分発の神戸電鉄。

山の中を走り抜けてゆく。

神戸電鉄の駅の名前は、前からいいなあと思っていたけど、気をつけて聞いていると野や山、植物や鳥の名前が多い。

緑が丘、鈴蘭台、鵯越《ひよどりごえ》、三木、樫山、押部谷《おしべだに》、小野……。

十一時ころに到着。

家に入る前に、小屋に入ってみた。

中に入るとしーんとする。

なんだかお茶室みたい。入り口が小さいところや、靴をそろえて入るところとか。

金曜日は子どもたちのスイミング・スクール。

そして、中野家の金曜はカレーの日と決まっているので、みんなが出かけている間に私が作った。

デミグラスソース入り（冷凍しておいたのを持ってきた）。大根がたくさんあったので、面取りをして加えてみた。

ルウを入れる前まで作っておいて、中野さんとスイミング・スクールの見学にいった。

夜ごはんは、カレーライス（牛コマ切れ肉、大根、人参、じゃが芋、ゆでブロッコリー添え）。

十二月二十五日（土）

六時半に起きた。

着替えていたら太陽が昇ってきたので、ユウトク君、ソウリン君と三人で朝の散歩。

あぜ道の植物は、霜で覆われて白くなっていたのが溶けはじめ、ぴかぴかしていた。

ハーッとすると白い息が出る。

寒いけど、気持ちいい。

あぜ道をぐんぐん歩き、早歩きをしたり、走ったりの競争。

ユウトク君は用水路で立ち止まり、のぞき込む。

「水、きれいで。前はここに、大きい魚がいたんで」

帰ってから朝ごはんを食べ、かるたをした。

ソウリン君がいちばん強い。幼稚園の年長さんなのだけど、字が読めるみたい（と思ったら、絵と言葉を暗記しているらしい）。

二回目からは、私もけっこう取った。

お姉さんと買い物（「道の駅」みたいなところで野菜と生牡蠣、甲イカ。肉屋さんで鶏の骨つきもも肉。スーパーで手羽先、海老）。

クリスマスのごちそうは、蒸し牡蠣（殻つき）、鶏のもも焼き（ひとり一本ずつ！　にんにく入り甘辛ダレ）、ミニ南瓜の丸ごとグラタン（海老、マカロニ、ホワイトソース、チーズ）、クリスマスケーキ二種。

食後にプレゼント交換。

お姉さんから、オリーブ色の麻のエプロンをいただいた！

私からのプレゼントは、大人たちには冬のくつ下、ユウトク君とソウリン君には、手編みの〝羊飼いのベスト〟。

中野さんは、お姉さんたちの家族に大きな絵を贈った。朝焼けの空のもと、それぞれの馬に乗ったユウトク君とソウリン君が、赤と白の〝羊飼いのベスト〟を着て前に進んでいる。

最後に、ユウトク君から「ふくう食堂」の木の看板をプレゼントされた。ソウリン君は、サンタさんにもらったお菓子袋の中から、お菓子をふたつくれた（あとでお姉さんに聞いたのだけど、自分がいちばん好きなお菓子だそう）。

十二月二十六日（日）

朝、九時に出てドライブ（子どもたちと中野さんと四人で）。

西脇の「へそ公園」へ行った。

着いたときには誰もいなくて、小雪が舞っていた。

広々とした外の遊具で思い切り遊ぶ。

長い石段を上って、くねくねロールすべり台（ちょっとしたジェットコースターみたい。二回やった）。

アリ地獄（スケートボードができそうな、コンクリートの斜面）と、そのあとで、ロッククライミング。

子どもたちも中野さんも、何でもなく上る。私だけどうしても上れない。あきらめずに、ものすごく頑張って、ようやく上れた。

「うんてい」に挑戦したら、まったくできなかった。子どものころには得意だったのに。

「へそ公園」から山道を散歩し、また戻ってきて、地図を見ながら「かもめ食堂」までドライブした。

空と山と川、田畑に囲まれた新しいお店。新しい住まい。

やっさんも律ちゃんも、六甲にいるときよりも生き生きとして、頬っぺたがつやつやで、元気そうだった。

帰ってきて、お昼ごはんのあと、ユウトク君と小屋で宿題。

書き取り、国語、引き算。

「寒い」という漢字、私はいつも点々の向きを間違えて逆方向に書いてしまうのだけど、「冬と同じやで」と教わった。

小屋の外ではソウリン君が、中野さんに教わりながら板を切って、工作をしている。

三時くらいから、夕飯の支度（お姉さんとお義兄さんは大掃除）。

今夜は串カツ。海老の殻をむくのをユウトク君が手伝ってくれた。サラダと卵焼きもひとりで作っていた。

ミニ南瓜のグラタンの残りを細かく刻んで、バターで炒め煮し、うらごし。スープの素を加えてポタージュを作った。

うらごしのザルに残ったペースト状のものには、じゃが芋のマッシュを加えてまん丸なミニコロッケに。

掃除を終えて戻ってきたお姉さんと、どんどん衣をまぶしていった。

揚げるのはお姉さん。中野さんが特製ソースを作った。

串カツ（海老、甲イカ、椎茸、ソーセージ）、ミニコロッケ、鶏のチューリップ唐揚げ（きのうのうちに、手羽先をお姉さんとチューリップ形にしておいた。山椒塩をつけて食べるのが人気だった）、ご飯、明太子、焼き海苔、大根の紀ノ川漬け（ユウトクくんの同級生、コウタ君のお母さんのヒトミさんにいただいた）。

夜ごはんのあと、みんなで小屋に入って星を見た。

小屋にいるお義兄さんにコーヒーを持っていって、私はお風呂の順番を待っているところ。

十二月三十日（木）
曇りがちの晴れ

ぼんやりとした晴れ。すべてが白い光に包まれている。

海の光っているところは、太陽が射すとパ――ッと銀色になる。

寒いけれど、窓を開けている。海は浅く、見渡す限り平ら。

なんだか、厳かな感じのする景色。静かな年末。

そして、きのうも今日も、フォーレの「レクイエム」と「ラシーヌ讃歌」のCDを繰り返しかけている。景色にぴったりなので。

今日は買い物に出ようと思う。

お正月にお餅くらいは食べたいから。

「MORIS」にも年末のご挨拶にいこう。あと、「植物屋」さんでお正月のお花も買ってこよう。

夜ごはんは、ロールキャベツのグラタン（お麩を加えた）、春菊のごま和え風サラダ。

十二月三十一日（金）
快晴

六時前に起きたらまだまっ暗で、三日月が光っていた。

黒い影が丸く見える。海も黒く、夜景が瞬いている。

今夜は、年越しの教会の鐘の音を聞きたいと思っているのに、こんなに早起きしてしまって大丈夫かな。

朝風呂に入りながら、お風呂場の掃除。

朝ごはんのあと、解凍しておいたゆで黒豆で薄甘煮を作った。

お正月の花は、きのう「植物屋」さんでチューリップを二輪買った。緑や茜や薄紫の斑《ふ》が入った、オレンジ色の八重咲きチューリップ。

母と、桃ちゃんと、三人で新年を迎えようと思って。

朝見たら、一輪がしおれかけていた。慌てて水切りし、窓辺に置いておいたら、葉がしゃんとして首もまっすぐに。すごいなあ太陽の力は。

洗濯物を干しているとき、小雪が舞った。

海は白く輝いている。

さて今日は、スパイス棚と、リビング側の食器棚の掃除をしよう。Ｐタイルの床にワックスも塗るつもり。

お雑煮のお汁（大根、里芋、白菜）と、ほうれん草もゆでておいた。ひとりでもいそいそと、元旦の料理の支度をしている自分が可笑しい。

陽が沈むころに、屋上マラソン二十周。

今は五時半。

西の空がまっ赤っか。今年が終わりたくないみたいな夕焼けだ。

夜ごはんは、「紅白歌合戦」がはじまる前に。

春菊のごま和え、大根の紀ノ川漬け（ヒトミさんに教わったレシピで作ってみた）、蓮根の天ぷら、ゴボウのかき揚げ、かけ蕎麦（ねぎ、柚子皮）。

ふと去年の日記を読み返してみたら、ビニールに入ったゆで蕎麦と、海老の天ぷらをスーパーで買ってきて、天ぷら蕎麦にしていた。

今年私は、生蕎麦をゆで、天ぷらも自分で揚げた。

大根の紀ノ川漬け

大根500g　赤唐辛子１本　牛乳、酢各30ml　砂糖80g　塩20g

クリスマスに中野家に行ったとき、料理上手なヒトミさんから、べったら漬けのような甘酸っぱい大根の漬物をいただきました。あんまりおいしかったので作り方を尋ねると、お隣のおばあさんに教わったレシピだそう。後日くださった和紙に書かれたおばあさんのレシピは、とってもシンプル。厚手のポリ袋に材料をすべて合わせ、冷蔵庫に入れておくだけなんだそうです。これは、何度か試しているうちに、私流になったレシピ。砂糖はちょっとひかえめにしてあります。


大根は皮をむいて５ミリ厚さの半月に切り、ボウルに入れます。

ここに大根以外の調味料をすべて加えて軽く混ぜ、密封できる厚手のポリ袋に移し入れます。

平らにして冷蔵庫へ。翌日から食べられます。
※味がなじんだら、水分ごと空きビンや保存容器に移し入れてください。２週間ほど保存可能。柚子の汁と皮を刻み入れると、聖護院大根の千枚漬けのような趣になります。

このころ読んでいた、
おすすめの本

『小さな声、光る棚　―新刊書店Titleの日常』
辻山良雄　幻冬舎

『しずかに流れるみどりの川』
ユベール・マンガレリ　訳／田久保麻理　白水社

『ソーニャのめんどり』
フィービー・ウォール　訳／なかがわちひろ　くもん出版

『植物と叡智の守り人』
ロビン・ウォール・キマラー　訳／三木直子　築地書館

『アルプスの少女　ハイジ』
ヨハンナ・シュピリ　訳／松永美穂　角川文庫

7月

5日　夜ごはん。ヒロミさんが届けてくださったちらし寿司

9日　母の命日。祭壇に白いクロスをかけた

10日　夜ごはんは、スパイシー肉団子とサラダ

17日　志方公園にて。虫をつかまえようとしているユウトク君と
＊撮影・中野真典さん

24日　玄関の通路に黄金虫がい

26日　早い夕方から川原さんと呑みはじめた

28日

6日　お風呂上がりに虹が出た

8月5日　寝室の窓からの夜景

7日　夜ごはんは、とうもろこしたっぷりの卵焼きと、冷やし中華

8日　夏休みの小径

12日　アブラゼミの絵を描いた

9日　夜ごはんは、ちらし寿司（干し椎茸とカンピョウの甘辛煮、錦糸卵）

20日　夜ごはんのマッシュポテトと手作りソーセージ。左の足はユウトク君

8
↓
9月

29日　つよしさんとの遅い昼食会。枝豆のミニ春巻き、塩豚とミニトマトのポットロースト、マフィン

23日

9月1日　朝ごはん。つよしさんのお土産のマフィンに、マスカルポーネといちじくをのせた

16日　朝ごはんのヨーグルト（いちじく、ぶどう）

22日　開くと十字架になる鍋敷き

28日　陽の出前の空

10月10日　中野さんとの昼ごはん。肉団子とミニトマトのパスタ

13日　畑で収穫した野菜(水茄子、紫縞茄子、
エホバク、コリンキー)

15日　畑で収穫した、オクラとツルムラサキの
花芽のだし浸し

14日　さつま芋農家さんの家で、昼ごはん

30日 「FARM to FORK 2021」須磨海岸にて。
焚き火料理人のパエリヤ

29日　佐渡島の明日香ちゃん一家が、
柿を送ってくれた

10→11月

17日　朝の海は金の鏡のよう

11月3日　昼ごはん。ひき肉とミニトマトのカレー、茄子とじゃこの炒め物、ゆで卵、おにぎり

11日　夜ごはんは、みんなで長火鉢を囲んだ。ラム肉のカバブとアトボ風手羽元の煮込み

9日　朱実ちゃんと樹君の家にて。玄関に中野さんが絵を描いた

16日　樹君にプレゼントする“羊飼いのベスト”

夜ごはん。ケールのじゃこ炒め、椎茸の焼いただけ、サフラン風味のご飯、トマトとビーツのスープ

14日　姫白丁花と聖子ちゃんにもらったディル

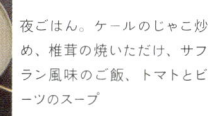

19日　校正中に昼ごはん。ビーツとじゃがいものサラダ、ほうれん草のじゃこ炒め、卵焼き、ケールのミルクスープ

23日　海の光が床に映っている

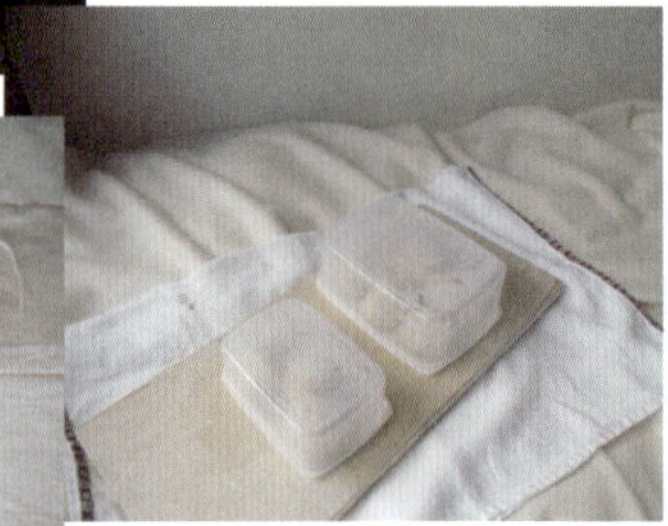

12月1日　ベッドの上でパンを発酵中

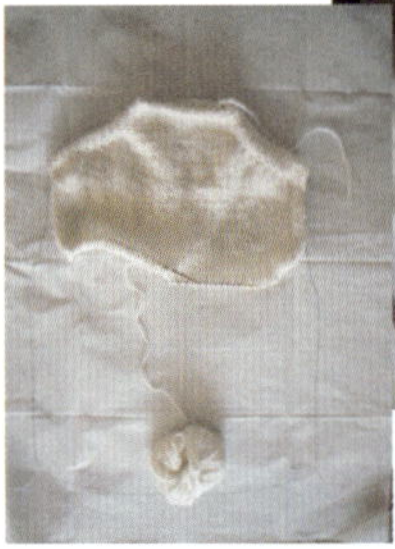

2日　ソウリン君の“羊飼いのベスト”。ふだん着ている服の型紙に合わせて編んでいる

10日　母の祭壇。メキシコのお祭り「死者の日」のオレンジ色の花飾りを、朱実ちゃんからもらった

11日　桃ちゃんの祭壇にも、オレンジの花飾りを

11
↓
12月

14日　サンキャッチャーに朝陽が当たると、光の欠けらが天井に映る

12日　「ケハレ」の庭で、合鴨を抱きながら絞めている辰ちゃん

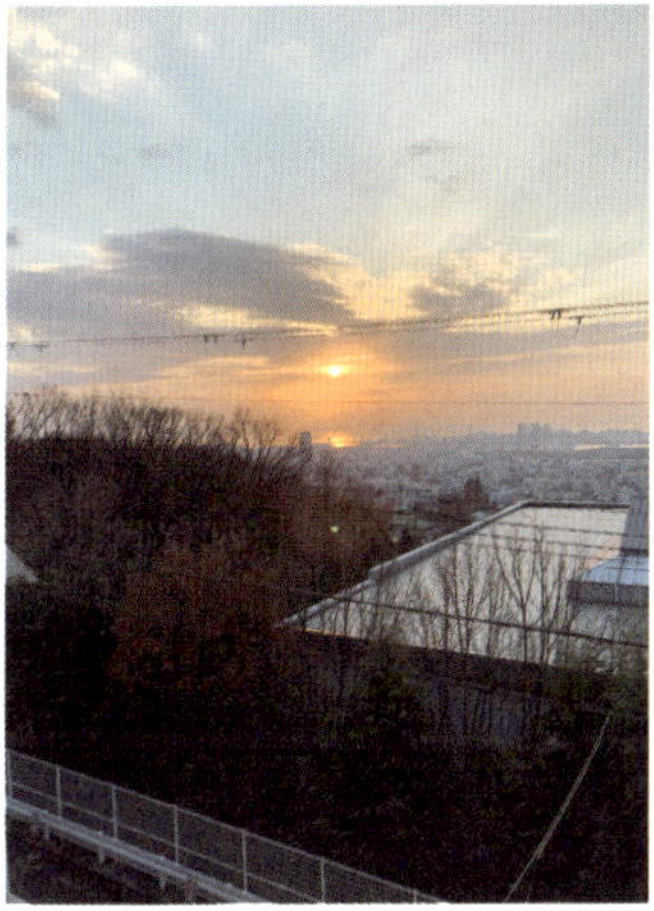

22日　冬至の陽の出。金色の太陽がふたつある！

28日　昼ごはん。肉まん、ほうれん草のおひたし（じゃこをかけた）、蓮根のきんぴら、かぼちゃのマヨネーズ和え、ゆで卵、ワカメスープ

29日　夜ごはん。お麩入りロールキャベツのグラタン（ディルをちらした）

「日々ごはん」と私

まっすぐに雨が降っている。街は白く霞み、とても静か。そして窓辺には、うちの植物に交ざってキンカンの鉢植えが六つ並んでいる。私の胸の高さまである、背高のっぽのキンカンブラザーズ。

葉っぱも幹もつやつやのこのブラザーズは、同じマンションに住んでいる文子さんとファビオから預かった。ふたりが旅に出ている間、私が水やりをすることになったのだ。大阪出身の文子さんとイタリア人のファビオが越してきて、そろそろ二年がたつ。ちなみにこのブラザーズは、引っ越しの日に食べた大粒のキンカンの子孫なのだそう。

ふたりがブラザーズを預けにきたとき、窓辺のテーブルでビールを呑んだ。ワインも開けようかということになって、グラスを洗うためにキッチンに向かって歩いていくファビオを、ふと、私は目で追っていた。背が高いから、がくんと首を前に倒して洗っているファビオ。そのときに、なんだか不思議な幸福感がやってきた。イタリアで生まれ育ったファビオが、どうして私のキッチンにいて、私のピンクのスポンジを泡立て、グラスを洗っているんだろう。料理の大好きな文子さんが、どうして私の目の前でにこにこしているんだろう。神戸に移住しようと決めたのは私だけれど、ふたりがニューヨークから越してこなければ、私たちは出会えなかった。自分の意思で動かなくても、大切な人に出会うことってあるんだなあ。毎日は、何が起こるか分からないことでいっぱいだ。

「なぜ日記を書くんですか?」と、よく聞かれる。

そういうとき私は、うーんと考え込んでしまう。なんでなんだろう。あったことがなくなってしまうのが淋しいから。そう答えたこともある。

でも、あったことはなくならない。今の私はそう思う。

ここまで書いて気がついた。もしかすると、あまりにたくさんのものごとが流れていってしまうからなのかも。しかも、流れているのはまわりだけでなく、自分自身もなのだ。

陽の出だって毎朝違う。見ている私の気持ちも、毎朝変わる。これまでの日記の中から、朝の場面をいくつか引用してみる。

――六時くらいにカーテンを引くと、水平線が朝焼けだった。オレンジ色のグラデーション。カーテンはそのままにしておいて、寝転ぶと、ちょうどその位置から白い月が見えた。細い細い、新月間近の月。切ったばかりの爪みたいな月。太陽が顔を出しても、まだ見えている。極細の半透明の月は、水色の空を少しずつ上り、そのうち見えなくなった。

――今朝は陽の出前にカーテンを開け、寝転ぶと、雲が少しずつ茜色に染まっていくのが見えた。でっかい太陽が完全に顔を出すまで眺めていた。太陽が昇ると、とたんに暖かくなる。

――風もなく暖かい。今朝の海は、きらきらというよりぴかぴかしている。平らにぺったりと光っている。

――トイレに起きたら、明るくなりはじめていたので起きてしまう。五時四五分。太陽はちょうど昇りはじめたところ。今朝のは、包丁で皮を丸くむいたばかりのオレンジのまわりに、汁がしたたっているみたいな、みずみずしい太陽だった。

――目が覚めたとき、雨の音がすると安心するな。まだ薄暗いけれど、カーテンを開けたら七時になるところだった。今日は雨か。

順番はよく入れ替わるけれど、目覚めたあとの私の日課も書いてみます。

起きたら、暑くても寒くても窓を開け、海や空におはようを言う。それから一階に下りて窓を開け、日めくりカレンダーをめくる。バスタブにお湯をためながら、母と桃ちゃん、日置さん（二〇二四年九月に亡くなった、写真家の日置武晴さん）の祭壇の水を新しくし、おはようの挨拶。朝風呂に浸かる前には体重計にのり、増えていると、朝ごはんはヨーグルトと果物だけ。パンは食べないことにする。ヨーグルトの器もスプーンも、ティーカップもいつも同じ。朝は、同じことを繰り返すと安心する。

私は今、六五歳。先のことが心配じゃないといえばウソになる。日めくりカレンダーをめくり忘れると、今日が何日なのか分からなくなることもあるけれど、ごはんを食べたらそれが翌日の私を作り、食べないと体が動かなくなる。それだけは確か。

「日々ごはん」を書きはじめた二十数年前、私はスイセイと東京の吉祥寺に暮らし、「クウクウ」というレストランで働きながら、料理本を作っていた。どちらが言い出したのかは忘れてしまったが、ホームページを開くときに、日記を書いて公開したらどうだろうという話になった。ひとつだけ決めたのは、とにかく毎日書くこと。一日の終わりは夜ごはんの献立を添え、おいしくできた料理には、材料やちょっとしたコツも加えよう。

日記を書きはじめたら、思わぬことに気がついた。

洗濯物を干しながら仰ぐ空の色。風が吹いて、木の葉がざわざわ揺れるときに感じること。雨上がりの地面の匂い。隣にいる誰かの表情、言ったことや、その声の響き。じっと観察していると、ささいなことでももの珍しく、くっきりと光って見えた。見ながら私は、頭の中で文を組み立てている。いいなあ、おもしろいなあと感じたら、書きとめておきたくて仕方がなくなった。言葉にするって、文を書くって、こういうことなんだと知った。

神戸に暮らして九年。スイセイと私は別々の人生を歩むようになったけれども、一週間ごとに書きためた日記をホームページにアップしてもらうのは、今も変わらない。変わったのは、毎日ではなく、書きたくなったときだけ。無理をせずに書き続けてきたおかげで、流れていく毎日は薄紙を重ねるように厚みを帯びた。そうして知らないうちに、「日々ごはん」は世界を持ったのだと思う。

そこは、私の住みたい世界。生きていくのに必要な、清濁の入り交じったうそのない王国だ。

高山なおみ

〈寄稿〉
誰かの生活と私

最果タヒ

誰かが生きて、誰かが暮らしている。近くにいるわけではない「誰か」の日記を読むとき、その「誰か」の日常が、海の沖合がきらきらして見えるように、遠いからこそきらめいて見えて、そうしてそのきらめきを眺められる自分の時間が、自分の人生が、尊く感じることがある。そこに誰かの生活がある、そのことは日記からかすかに理解できるけれど、それでも本当にそこに書かれているものは、受け取りきれていないのだろうな。知らない人たちが登場して、そうしてその人と書き手の縁が言葉の中に流れていて、そんな、知らない誰かの大切な「何か」が瞬いている文章を読むとき、遠くて、関わりがないからこそただただ美しく思えて、羨ましく感じる。遠い海だから潮風の香りさえしない。それでも、だからこそ、宝石のように澄んだものが、沖合できらめいているように見えるんだ。

日記を読み、その呼吸が少しだけ自分の中にも残って、そのゆらぎを無垢に美しく思うのは、すれ違った人の服装や、香りを、すれ違っただけなのに、なぜか忘れないようなことだと思う。それくらい街そのものに心を開いて私は今歩いていたのだなということが、その瞬間にわかって、嬉しくて、その記憶がずっと心に残ったりする。

人の心は、それぞれ独立していて、「わかる」とは簡単には言えないくらいみんな別々のものを見ている。でも同時に、なにかが、底の方で、心よりずっと奥底で、それこそ花々の根っこが同じ大地に根ざしているように、「個」とは言えない広くて深くて大きい場所で何かを多くの人と共有しているのではないかと思うことはある。わかり合えなくて不安であるのも事実だけど、全てを知っているわけではない相手と、不意に信じ合えたような、通じ合えたような感覚になったり、詳しくは知らない誰かのことを、一瞬この時代にここで出会えた、その事実だけでとてつもなく大切に思えたりする。そのときになにかが心をわずかに繋いでいて、たとえば季節の花を同時にどこかで見つけていることや、月をそれぞれ違う場所で見上げることが、そのきっかけになったりする。そんな静かでささやかな心の「共有」は、食にもきっとあるのだろう。高山さんの本を読んでいるとそう思う。書かれている生活が、自分の生活と重ならないものだとしても、書かれている食べ物の、食感や風味を、私は想像することができる。突然そこに、自分の生活とつながる何かを感じてしまう。同じではないだろうに、そこにある「生活」がどれほど立体的で、細やかなもので、一つ一つを分解して見ていくことも困難なほど混み合ったものかを、直感的に知ることができて、そうして心が優しくそれを受け止めようと姿勢を変えるのだ。

描かれている生活を受け取るために差し出す手のひらが、一層柔らかく、一層優しく、私の心から差し出されていくように思う。その、他者の生活を受け止めようとするその自分の心の穏やかさが、私自身にとっても幸せなもので、誰かの生活をそっと受け取る時間は、私の日々を愛することでもあるのかも、と思う。

それはたぶん、とても遠くて、関わることがなかった人への、最大限の思いやりです。私の一つの優しさです。優しく、他者を見つめようとする私に私は出会える。その人が確かにその時に生きている人だと、私は事実ではなく心で、受け止めることができる。食の記憶の流れに心を任せることで。遠くても、知り合うことはなくても、それでもちいさな道端の花のように、誰かの生活を人は愛せる。そんな時間が幸福だから、私は他者の日記を読むのが好きです。

高山なおみ

1958年静岡県生まれ。料理家、文筆家。2016年に東京・吉祥寺から神戸・六甲へ移住し、ひとり暮らしをはじめる。本を読み、自然にふれ、人とつながり、深くものごとと向き合いながら、創作活動をしている。『日々ごはん』『帰ってきた 日々ごはん』シリーズ、『暦レシピ』、『新装 野菜だより』、『本と体』、『自炊。何にしようか』、『気ぬけごはん』、『日めくりだより』、『毎日のことこと』、絵本に『どもるどだっく』『たべたあい』『それからそれから』（以上、絵・中野真典）など著書多数。

公式ホームページアドレス www.fukuu.com

写真　高山なおみ
ブックデザイン　脇田あすか
DTP　川里由希子
校正　東京出版サービスセンター
編集　村上妃佐子（アノニマ・スタジオ）

本書は、高山なおみ公式ホームページ『ふくう食堂』に掲載された日記「日々ごはん」（２０２１年7月～12月）を、加筆修正して一冊にまとめたものです（２０２４年1月刊行の『帰ってきた 日々ごはん⑮』に続く期間です）。

エッセイ〝「日々ごはん」と私〟は本書書き下ろしです。

空気が静かな色をしている
日々ごはん２０２１・７→12

２０２４年12月15日 初版第1刷 発行

著　者　高山なおみ
発行人　前田哲次
編集人　谷口博文

アノニマ・スタジオ
〒一一一・〇〇五一
東京都台東区蔵前二・一四・一四 二階
電話 〇三・六六九九・一〇六四
ファクス 〇三・六六九九・一〇七〇
www.anonima-studio.com

発　行　KTC中央出版
〒一一一・〇〇五一
東京都台東区蔵前二・一四・一四 二階

印刷・製本　シナノ書籍印刷株式会社

ISBN978-4-87758-867-0 C0095

高山なおみの本

日記エッセイ「日々ごはん」シリーズ

定価各1430円（税込）『帰ってきた 日々ごはん①』のみ1540円（税込）

『日々ごはん①』＊
風が吹いて 雲が流れて
台所からは 夕ごはんのいい匂い
2002年2月〜8月の日記を収録

『日々ごはん②』＊
木の実が熟すように
日射しが傾くように
2002年9月〜
2003年2月の日記

『日々ごはん③』＊
迷いながら 探しながら
きっと私はごはんを作り続ける
2003年3月〜8月の日記

『日々ごはん④』＊
食べることでつづいてゆく
ひとも からだも これからも
2003年9月〜
2004年2月の日記

『日々ごはん⑤』＊
ゆっくりと 移ろいゆく
わたしもひとつの 小さな自然だ
2004年3月〜8月の日記

『日々ごはん⑥』＊
わたしたちは どこまで行くのだろう
2004年9月〜
2005年2月の日記

『日々ごはん⑦』＊
退屈のなかにある 残酷で
色とりどりで そして 儚い世界
2005年3月〜8月の日記

『日々ごはん⑧』＊
もっと ずっと
自分がなくなってしまうほど 遠くまで
2005年9月〜
2006年2月の日記

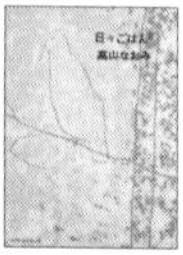

『日々ごはん⑨』＊
見えなくても 触れなくても
いつまでも なくならない
2006年3月〜8月の日記

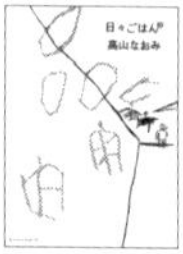

『日々ごはん⑩』＊
からだが からっぽになっていた
こころも からっぽになっていた
2006年9月〜
2007年2月の日記

『日々ごはん⑪』＊
本当はいつでも どこへでも飛んで行ける
2007年3月〜8月の日記

『日々ごはん⑫』＊
毎日を確かめながら 次の広場へ
2007年9月〜
2008年11月の日記

＊印は電子書籍版も販売中

料理の本

『新装 野菜だより』＊
18種類の野菜の79のレシピ。
写真／新居明子
定価2200円（税込）

『おかずとご飯の本』
高山さんの日々の食卓から定番92のレシピ。
写真／日置武晴
定価1760円（税込）

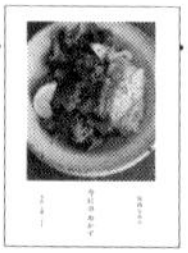

『今日のおかず』
季節の素材を使うと、もっとおいしいおかずやおつまみ103品。
写真／日置武晴
定価1760円（税込）

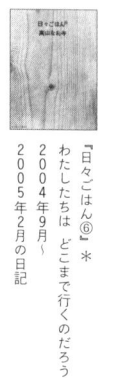

『帰ってきた　日々ごはん①』＊
ただいま。あちこちさまよい歩いて、
ようやくうちに帰ってきました。
２００８年11月～
２０１２年９月の日記を収録

『帰ってきた　日々ごはん②』＊
心は、水面のように静か。
２０１２年10月～
２０１３年12月の日記を収録

『帰ってきた　日々ごはん③』＊
思い通りにならないって、いやされる。
２０１４年１月～
２０１５年５月の日記を収録

『帰ってきた　日々ごはん④』＊
毎日、毎日、
びっくりするほど違うんだ。
２０１５年６月～12月の日記を収録

神戸へ引っ越し

『帰ってきた　日々ごはん⑤』＊
前に進むしかないんだ。
２０１６年１月～６月の日記を収録

神戸編スタート

『帰ってきた　日々ごはん⑥』＊
マイナスになっても、ちゃんとある。
２０１６年７月～12月の日記を収録

『帰ってきた　日々ごはん⑦』＊
見えないものが見えてくる。
２０１７年１月～６月の日記を収録

『帰ってきた　日々ごはん⑧』＊
新しく、ゆっくりとはじまる。
２０１７年７月～12月の日記を収録

『帰ってきた　日々ごはん⑨』
そもそも、自分らしいって何？
２０１８年１月～６月の日記を収録

『帰ってきた　日々ごはん⑩』
目をこらさないと、見えないくらい。
２０１８年７月～12月の日記を収録

『帰ってきた　日々ごはん⑪』
どうしても　流れていかないもの。
２０１９年１月～６月の日記を収録

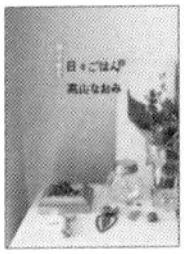

『帰ってきた　日々ごはん⑫』
体がどこにもいなくなる。
２０１９年７月～12月の日記を収録

『帰ってきた　日々ごはん⑬』
目に見えるものと、見えないもの。
２０２０年１月～６月の日記を収録

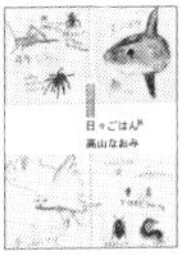

『帰ってきた　日々ごはん⑭』
ひとつひとつ　やっていこう。
２０２０年７月～12月の日記を収録

『帰ってきた　日々ごはん⑮』
ひとりもまた　とてもいい。
２０２１年１月～６月の日記を収録

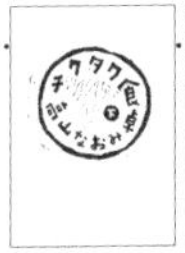

『チクタク食卓㊤㊦』
高山なおみさんの３６７日の食卓記録の上・下巻。写真を撮り、メモをし、おいしくできた料理には作り方メモを添えました。
定価各１７６０円（税込）

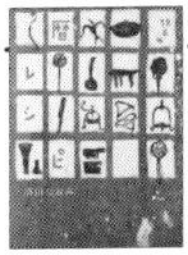

『暦レシピ』
18年にわたる『日々ごはん』の「おまけレシピ」141品を収録した読む料理本。
定価１７６０円（税込）

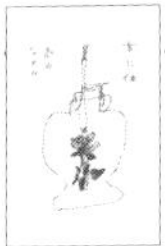

『本と体』
高山さんが愛読する26冊の感想文と、絵本編集者の筒井大介さん、写真家の齋藤陽道さん、画家の中野真典さんとの「ことば」をめぐる対談を収録した一冊。
定価１９８０円（税込）

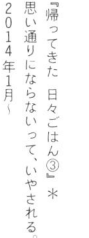

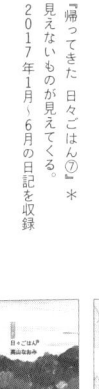

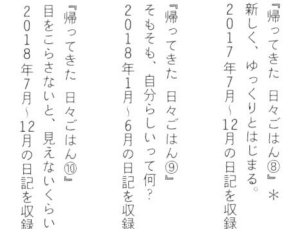

アノニマ・スタジオは、

風や光のささやきに耳をすまし、
暮らしの中の小さな発見を大切にひろい集め、
日々ささやかなよろこびを見つける人と一緒に
本を作ってゆくスタジオです。
遠くに住む友人から届いた手紙のように、
何度も手にとって読みかえしたくなる本、
その本があるだけで、
自分の部屋があたたかく輝いて見えるような本を。